初戀
傷停補時
Loss time
仁科裕貴
U0075720

初戀傷停補時

Loss time

仁科裕貴

輕
文學
Light Literature

玫瑰堪折直須折。
時光不停流逝，今日花容燦爛，明日已成殘枝。

——羅伯・海瑞克（Robert Herrick）

人類生下來就不平等。

每個人的才能、容貌、個性、家庭環境都不同，但是我們所擁有的時間卻是平等的，運用這些時間成就什麼事，決定了人類的價值。

想想看，你們當高中生的時間只剩下兩年三個月了，只有兩年三個月喔！可是你們卻將這麼珍貴的時間浪費在打瞌睡，這樣可以嗎！你們不會覺得很浪費時間嗎——！

班導高町老師用力敲打黑板，慷慨激昂地宣導。

大概是看不下去教室裡瀰漫的懶散空氣，高町老師終於中斷講課，開始認真訓話。

雖然老師的憤慨很合理，但是在午後的暖氣房裡上課實在令人提不起勁。

因為我們大家都有滿腹的東西要消化——當然，是午休時吃的午餐。當體內的能量集中到消化器官後，上課內容不知不覺便化為海妖賽蓮的歌聲，引誘學生航向睡意的礁石。

不對，從生理學的角度來看，午餐後休養生息很明顯是比較有效率的做法，所以我們挨罵實在太不合理了。不如說午後上課根本是學校教育制度上的缺失，反而令人想問：「為什麼不能睡？」

話雖如此，我當然不會浪費時間反駁老師。

「——你們聽好了，人生是由一分一秒累積而成。這一瞬間你做了什麼，你在想什麼，將會決定個人的高下。只有趁旁人偷懶時努力才能搶先一步。在這當中，每一步的差距最後都將成為區別你們的決定性因素。所以要把握當下！如果不趁現在全力以赴——」

訓話中斷。

老師的聲音在熱血沸騰的演說途中突然消失。

怎麼回事？實在停得太不自然了。就像是手機通話時收訊不良，線路突然中斷一樣……

正當我覺得不可思議想抬起頭時——奇怪？

身體不知為何完全無法動彈。

這個狀況太詭異了。我的身體和意識間的連結彷彿被切斷，連一根手指都動彈不得。

雖然勉勉強強能轉動眼球，卻無法出聲。難道這就是傳說中的鬼壓床嗎？

這種前所未有的感覺令我困惑，我想立刻求助，這才發現四周的聲音都消失了。

不論是講台上的老師，還是全班總共三十七名同學，全都像死透了般不發一語。別說是說話了，甚至聽不到任何人的呼吸氣息。難道大家都陷入同樣的狀態了嗎？

我愈想愈不安，滿身大汗，在嘗試移動身體失敗了幾次後，漸漸連呼吸都變得不順暢。

我更加拚命，連身體內部都用力掙扎。

「唔！」

在我猛然朝腹部施力的瞬間，僵硬的身體突然鬆開了，於是用力過猛的我便摔下椅子，撲向教室地板。

接著，我瞬間冷靜下來。

我該不會只是睡昏頭了吧？

如果只是我夢見自己被鬼壓床的話，現在在我身後的應該是老師冰冷的視線和同學的嘲笑。好丟臉，實在太丟臉了，我慌慌張張地起身，然而——該說幸好還是可惜呢？教室裡的人看起來一點都不關心我的樣子。

不，不只是人，就連掛在黑板上方的時鐘指針也文風不動地指著下午一點三十五分。

毋庸置疑，這肯定是超自然現象。

整個世界就像畢業紀念冊上的照片，停留在平常上課的景象，宛如凍結般靜止不動。

「……喂——佐佐木。」

我聲音顫抖，拍了拍隔壁朋友的肩膀。

「……」

沒有回應。就算拍他的臉頰，他也連眼球都毫無動靜。難道佐佐木跟我不一樣，沒有意識嗎？

「佐佐木，你聽得到我說話嗎？喂，佐佐木！」

我用力搖晃佐佐木的身體，但依舊沒用。手中制服外套的觸感明顯和平常不同，摸起來像水泥一樣又冷又硬，或許真的結凍了。

「——高町老師。」

我接著朝講台上的老師說話。

「……那個，老師知道嗎？大家背地裡都叫你『課本朗讀機』，因為你上課只會一直複誦課本上的內容，無聊死了。還有老師罵人的話總是那幾句，大家都聽膩了。」

要是平常，老師應該會激動地回應我吧？但是老師的眼球竟然也沒有任何動靜。

還有沒有其他測試方法呢？

我俯瞰窗外的操場，正在比壘球的學生維持著充滿動感的姿勢靜止不動，壘球也飄在空中。

「……我出去一下。」

我打了一聲招呼後，走向教室後門。

教室的拉門果然也凍結了，但使勁一拉後變得稍微可以移動。看來我能到走廊上。

「嘿。」

側身鑽過門縫，意氣風發地來到教室外的我，決定好好觀察一下這個靜止的世界。

在好奇心的驅使下，我在校園內緩緩漫步。

風不再吹拂，雲朵停止流動，只有太陽依舊耀眼，不論走到哪都只有我一個人的腳步聲。

儘管如此，一開始還是很有趣。即使上課時間在外走動也不會有人責怪，有種只有自己存在於世界的規則之外的優越感。光是看到浮在空中的球和水龍頭凝固的水便雀躍不已，摸摸它們後更是滿心歡喜。

然而，當走累了停下腳步後，我馬上不安起來。

因為四周聽不見任何聲音，令人有股自己的聽覺麻痺了的錯覺。

我發現那些平時被我們刻意無視、令人討厭的吵雜聲，其實轉移了人們的孤獨感。因此感覺還不到一小時，我就已經想哭了。

怎麼辦？如果時間停止的束縛一直沒有解開，我得一個人寂寞地度過永遠的時光的話……

我不安地坐上階梯，將背靠在冰冷的牆上——

「——的話，你們在不久的將來一定會後悔！」

高町老師的聲音突然激烈地振動我的耳膜。

我吃驚地環顧四周，這裡是原本的教室。

不知何時，我又回到了自己的座位上。

方才停止的時間又若無其事地再次啟動。安心感逐漸在我的胸中擴散開來。

哎呀，這個世界上也還是會發生不可思議的事呢。

剛才的體驗到底是怎麼回事？雖然說是白日夢又太真實了，但我也不覺得那是現實。因為剛才被我打開的教室後門，如今卻跟原本一樣關著。

我已經搞不清楚是我的頭腦有問題，還是這個世界有問題了。

結果那天別說是上課，直到放學我都處在茫然的狀態下。

然而，可別嚇到了——

自從那天起，每天的同一時刻，時間竟然都會停止。

我當然不知道其中的原理為何。只是一到下午一點三十五分，所有時鐘的指針都會停止不動是不爭的事實。

不論平日或假日、晴天或雨天都一樣。也總是只有我一人能在靜止的世界中行動。

當我終於習慣這個現象後，天生的求知欲開始蠢蠢欲動。

我想解開時間停止的運作機制。儘管志向遠大，但憑我高中物理程度的知識，連答案的一角都摸不到。雖然我在停止的世界裡做了各種實驗，但初學者的科學探究兩三下便觸礁，無計可施了。

但就在這個時候——

有個想法彷彿天啟，貫穿我的腦門。

原來如此，原來是這樣啊。我雙手微微顫抖，恍然大悟，決定隔天下午馬上行動。

然後——

「……老師總是說只有時間是平等的吧？」

時間來到下午一點三十五分，那一天世界果然還是停止了。

我從座位上靜靜地對維持著拿粉筆在黑板上書寫，姿勢靜止不動的高町老師發問。

「可是老師，如你所見，時間也不是平等的。我現在的一天比大家的一天多了一個小時，這是怎麼回事呢？」

老師當然沒有回應。

所以我繼續單方面地說：

「我思考了一下所謂時間的定義，為此，我每天都去圖書館看書，運用從圖書館獲得的知識得出屬於我自己的結論。首先想請老師聽聽我的看法，我要說囉——」

或許您已經知道了，大象的時間和老鼠的時間是不一樣的。

因為兩者生理時鐘的速度不一樣。老鼠的心跳速度比大象快非常多。心跳速度越快，血液循環的速度也會加快，提升所有生理現象的速度。老鼠的一秒比大象的一秒密度更高，但也因此活不久，只有短短幾年壽命。相反的，大象有近百年的壽命，乍看之下兩者得到的時間完全不平等。

然而，如果我們以心臟跳動的次數來計算時間的話會怎麼樣呢？

結論恐怕會完全不一樣吧。

有一種學說認為，世界上的動物不論體型大小，當心臟跳動達一定次數後，便會迎向生命的終結。

那個次數大約是二十億下。

以總心跳數來看，老鼠和大象是一樣的，心臟以各自的速度達到規定的跳動次數後便迎向終結。這樣一來，就算生理時鐘速度不同，各自感受到的生命長度或許意外地是一樣的。

「老師——」

我對著老師沉默的背影繼續說：

「如果以心跳次數為標準，或許可以說我們擁有的時間都是平等的。因為不論有錢人還是窮人，不論是否有才華，大家的身體基本構造都一樣。」

「可是啊……」我話鋒一轉。

「既然如此，為什麼只有我的時間比別人多一小時呢？難道這間學校裡只有我的心跳特別慢嗎？我明明沒有參加社團活動，心臟卻變得有如運動員一般了嗎？不，我不認為是這樣！」

我下意識將雙手撐在桌上站起來說：

「老師，你知道嗎……我接下來要說的話非常重要！」

我任由心中湧上的情緒帶領，口沫橫飛地說明。

沒錯。我十六年來的人生只有唸書。

念幼稚園時，爸媽說：「要考試喔。」就開始接送我上下補習班，進小學的同時，就為了考國中去補習班，儘管身旁的人都笑我是「書呆子」，沒有朋友，身材變差，視力也越來越弱，也還是咬緊牙關進入這所須旺學園——

這所完全中學男校。

一開始，我對身邊沒有女孩子這件事沒什麼危機意識。我小學時對女生抱有偏見，認為她們是又吵又低能的陰險人種，因此覺得男校這種環境更好。

但是，人是會變的。

迎向青春期，就算是我也改變了想法。

「請聽我說！別看佐佐木這副德性，他也是和青梅竹馬在交往！帆船社的堂本今年夏天在海邊從處男畢業了！就連化學社的坂上都和校慶時認識的別校女生保持聯絡！」

班上有女朋友的男生幾乎被當成英雄，在這所成績至上主義的升學學校裡，是唯一地位在不同軸線上的存在。

「我好羨慕……可惜我一點都不受女生歡迎！」

這是無可動搖的事實。

我身高比平均還矮，長相不出色，戴著一副重視實用性的黑框拙眼鏡，全身上下沒有任何受女生歡迎的要素。

「我和女生好好交談的次數屈指可數。別說觸碰了，連四目相交的機會都沒有……所以啊，所以我的心臟才會跳得這麼慢！只有我的心臟是一灘死水！」

我放聲大吼，拍打桌面，忍不住眼眶泛淚。

如果生物是以心跳次數決定經歷時間長短的話，除了這件事，沒有其他原因可以說明為什麼只有我的心跳比較慢了。

一定沒有人能理解每次體育課打網球時，我聽到比數是「fifteen love」時的悲哀……

每次在街上和情侶擦身而過時，我都會咂舌；看到聖誕節燈飾會沒來由地想逃開，和朋友聊天時只要一談到戀愛方面的話題，馬上就陷入沉默。

我一直都拿青春、熱情、欲望這些東西沒辦法。我的內心深處懷抱著想和大家一樣去接觸女生的願望。

我為此焦慮不已，擔心有限的青春會不會連一次也沒有燃燒，就像冒著白煙的線香一樣化為灰燼。

所以我一直想改變現狀，然而遲遲沒有付諸行動。總覺得活生生的女生很恐怖，如果被拒絕，我可能會再也無法振作起來。這種對未知的恐懼讓我無法踏出第一步，卻深受失落感折磨。

我只是不停詛咒遭到浪費的時間。在這個都是男生的學校一味念書，未來就像被塗得一片漆黑一樣。

「——所以老師，這一定是神的禮物。」

和女孩子無緣的我，心跳遠比其他人都來得慢。一定是上天憐憫這樣的我，才會給我這個機會彌補失去的青春。

我昨天才導出這個結論。

「讓老師見笑了，但我也因此下定決心……感謝您的聆聽。」

我立正站好面對老師，以「我走了」為獨白劃下總結，彎腰深深鞠躬。

我已經不再迷惘。

我帶著不可撼動的信念轉身，猛力朝教室後門奔去。

沒錯，這個時間停止現象一定是上天給我的傷停時間。既然如此，我用來實現自己的欲望，也可以說是一種天意吧。

所以我下定決心不會再退縮了。

今天我一定要接近女生。

當然是物理上的。

第一話　靜止的街道上

雖然停止的世界裡沒有風，我還是可以跑得像飛一樣。

我一如往常，時間停止後便鑽出教室後門，在被靜謐籠罩的午後走廊上全力奔馳。

一月中的乾冷空氣宛如無數銳利的尖刺掠過臉頰。儘管如此，仍然無法止住我被熱情控制的腳步。

我跳下一層階梯，飛奔下樓，轉瞬便穿過校舍川堂，氣喘吁吁地飛奔到室外後，氣溫又更冷了。我彷彿衝上一片帶刺的鐵絲網，一股寒冷的顫慄穿過體內。

但是我不能停在這裡，因為我沒有那種閒時間。

我有兩個必須加快腳步的理由，其中之一是停止的時間有限。

之前我為了測量時間停止的長度，曾經在時間停止後馬上專心數數。

我配合脈搏計算，時間開始啟動是在我數到三九〇三的時候。平常我的脈搏平均一分鐘跳六十五下，所以時間停止的長度大約是一小時。

因為剛才浪費時間和高町老師說話，距離時限大概還有五十分鐘，如果要達成靠近女生這個目的，時間上綽綽有餘，但另外一個理由就是問題所在。

那就是，這附近根本沒有女生。

我好像已經說過很多次了，我念的須旺學園是男校，繼承了舊制中學傳統的硬派校風，簡而言之就是質樸剛健。

正因如此，校內完全看不到女性的身影。學校的師資陣容全是男性，連保健老師和行政人員也都由男性擔任，十分徹底。這對想利用時間停止得逞獸欲的人而言，形同武功大廢。

不過校內沒有女性的話，出去找就可以了。

所幸，距離我們學校腳踏車車程約十五分鐘處就有一所男女合校的高中。名為吉備乃學院的這所學校，明明是男女合校卻是以縣內最高學力偏差值著稱的超級名校，有一半的畢業生都會去東大和京大。

「……沒想到我竟然會因為這種理由去吉備乃。」

我在腳踏車停車場裡一邊幫愛車解鎖一邊嘆息咕噥。

老實說，我過去曾經參加過吉備乃學院的入學考試。當時如果考上的話……事到如今，儘管心頭湧上無限的悔意……

「不行，現在要專心，沒時間了。」

我跨上腳踏車，甩開思緒。

腳踏車踏板十分沉重。

在這個停止的世界裡，所有物體都像結凍般固定在空間中。

雖說只要用力對物體施力就能移動該物體，而解開凍結狀態後，物體就能像平常一樣動作，但對瘦弱的我而言，這實在是一件粗活。

不過恐懼實為煩惱之源。儘管汗流浹背，我仍馴服了把手和煞車，抵達校門時，已經能隨心所欲操作我的愛車了。

在離開學校的前一刻，我回頭看了一眼校舍。

想當然耳，所有教室都還在上課。好不容易才看到我們班，而高町老師還是老樣子，正對著學生揮舞教鞭。在那之中，沒有一個人發現有人正打算離開學校。

心中漸漸升起一股優越感和罪惡感，隨著兩種相反的心情填滿胸口，我將目光轉回前方，用力踩下踏板。

現在已經沒有任何阻礙，車子瞬間穿過校門，眼前是一條蜿蜒而下的斜坡。

從日常生活中解放的感覺，令我頓時心情舒暢。

我鬆開把手上的雙手，朝兩側張開雙臂，像隻張開雙翼的海鳥朝眼前延伸的緩坡滑翔。

清冷的空氣似乎輕輕地擁抱著我，一股淡淡的梅香在胸臆中擴散開來，拂去濡濕制服內的汗水……啊，多舒服啊。

遇到紅燈也不用停下，由於沒有行人會衝出來，在狹窄的巷子裡也能暢行無阻。

這麼一來，路線選擇也更自由了。這附近最快的捷徑就是穿過山腳下綜合醫院廣大院區的路線吧。

醫院入口的圓環周遭總是從早開始便擠滿了病患和計程車，所以我平常只有在快遲到時才會騎這條路。但是時間停止就沒關係了。

當我大剌剌地騎進醫院時，腦海中浮現了「直接在這邊和護士小姐……」的妄想，但我隨即甩頭打消這個念頭。值得紀念的初次行為，果然還是和同年的女生比較好。

不對不對，行為這個詞可能會引起誤會，我訂正一下。

雖然我的腦袋被正值青春的欲望佔據了，但我當然沒有打算做出輕輕觸碰以上的行為。

因為對人體施加強大力量的話，對方或許會解除凍結狀態動起來。這麼一來我就會被送進警察局，此外，這種狀態下皮膚的觸感就像塑膠一樣無趣，摸久了恐怕反而會很掃興。

所以第一天就先以坐在女孩子身邊為目標吧。

雖然連我都忍不住嘲笑自己這種太過小兒科的願望，但光是稍微想像一下那個畫面，心頭便開始小鹿亂撞。Viva! Boy meets girl。腳踏車的速度漸漸加快。

我全速穿越街道，氣喘吁吁地切過馬路正中央，大約十分鐘後，白色的吉備乃學院校舍出現在眼前。

啊啊……那裡有女孩子。

妄想快一步將我的視野染成粉紅色。

已經無法停下了，我騎著車穿過吉備乃的大理石校門，漂亮的紅磚步道一路向校舍延伸。

總覺得這裡已經連氣味都不一樣了。

儘管時值冬天，校園內的樹籬和花壇依舊打理得漂漂亮亮，訪客停車場內停滿昂貴的車子。無人的操場上鋪滿了人工草皮，金屬圍籬整齊有致，沒有一個破洞。在這裡流下的青春汗水應該很美麗吧？想必一定不會被沙塵和泥土弄得灰頭土臉。

可惜，操場上沒有穿運動服的女生。正確來說是完全沒有人。

仔細一想，下午一點三十五分是個非常不上不下的時間。這時間吉備乃的學生當然也在上課，不可能撞見女生換衣服的場面。

這麼一來，就只能進入教室裡面了……但不知為何，我很抗拒闖入男女並肩而坐的場所。感覺在眾人環視下也提不起興致，就算實際上教室裡的人沒在看我也一樣。

要是有個獨處的女生就好了……

我抱持這個想法，騎著車在吉備乃校內打轉。

「——啊！」

在布滿一大片枯草的中庭裡，我發現一名穿著制服的女生。

她在地上鋪了一條手帕，坐在上頭。以雙膝併攏立在身體前方的姿勢蹲坐著。

吉備乃學院的制服是以深藍色為基調的三釦式西裝，設計簡約大方，領口綴有可愛的蝴蝶結，裙子則是亮藍色的直條紋。裙子下方隱約可見的大腿宛如太陽般耀眼，搖晃我的腦袋，令我瞬間暈眩。

——等等，我得冷靜點。

先調整呼吸吧。

我將腳踏車停在原地，一邊靠近那個女生一邊扶正眼鏡，仔細端詳對方。

她放了一本素描簿在膝蓋上，正在畫什麼的樣子。

她的視線前方是一叢刺桂樹，樹叢的另一側有隻黑貓蜷縮在校舍牆邊。看來她是在畫貓。

我完全無法理解為什麼上課時間她會獨自在這裡畫畫，但現在這些都無所謂，光是能遇見她就該感謝幸運之神了。雖然這對她來說或許是一種不幸。

那麼事不宜遲，失禮了……

明知對方聽不到，我還是放輕腳步走近她身旁。連我都覺得自己像個變態一樣可笑，但現在就先把自嘲放一邊吧。

期盼已久的瞬間終於來臨，我的心臟撲通撲通亂跳，幾乎要從嘴裡飛出來了。還差一步，只要伸出手就能——

「……誰？」

無聲的世界裡意外響起一道微弱的聲音。

不會吧？正當我這麼想的瞬間，對方長髮飄揚，站了起來。

我的視線與回過頭的少女正面相交。

「……你是誰？在這裡做什麼？」

「呃，這……」

我內心動搖，腦袋一片空白。

對方看著我的反應，訝異地抬起眼尾。

怎麼可能？為什麼她能動──？

「你的制服……是須旺學園的吧？」

女生退後一步，將素描簿抱在胸前，露出戒備的神情。

「為什麼外校的學生會在這裡？你剛剛想對我做什麼？」

「呃……不，這個嘛……」

我忍不住撇開視線，慌了手腳。我完全沒想過事情會變成這樣。

我的膝蓋打顫，身體自然而然地往後退。

「不……不好意思。我認錯人了，很抱歉嚇到妳──」

「你在說什麼？請好好回答我的問題。為什麼須旺的學生會在這裡？你有得到校方許可嗎？就算你有認識的人，但現在是上課時間吧？為什麼會把我認錯？」

「因……因為……」

糟糕，感覺她是個很強勢的女生。

而且思路清晰，無法隨便敷衍的樣子。

但如果我一五一十招供的話，她應該會放聲尖叫逃走吧？這樣一來我該怎麼辦？她看到了我的臉，也知道我的學校，接下來不難想像我會面臨什麼下場。

我一沉默，對方便更進一步追問：

「看你滿頭大汗的樣子……你是騎腳踏車過來的嗎？我記得須旺是男校對吧？這麼說的話，你該不會是想趁時間停止——」

「不，不是這樣的，妳誤會了！」

看來這個女生非常敏銳。我判斷保持沉默將會造成致命傷後，馬上嘗試辯解：

「請聽我說！我只是在巡視街道而已！」

「……巡視？」

「沒錯！因為妳看，時間不是停止了嗎？這很明顯是超自然現象啊。因為我們學校只有我一個人能動，我認為找出這個現象發生的原因是我的使命……」

「啊？」對方發出訝異的聲音說：「使命？」

「嗯，所以我才會四處巡視，也就是負責巡邏。」

「巡邏……」

「嗯，就是這樣。看看街上有什麼可疑之處，或是有沒有其他能動的人。我就是在確認這些事。」

「哦？所以這是你的藉口囉。」

這個大概跟我同年的高中女生身體微微前傾，邊打量我邊說：

「你來是為了找出時間停止現象的原因。你想來尋找在停止的世界裡有沒有其他能動的人，然後遇到了我。」

「沒錯沒錯！哇，妳很好溝通嘛！」

因為對方的理解，我鬆了一口氣，用字遣詞也變得輕快。

從對方蝴蝶結的顏色來看，她似乎跟我一樣是高一的學生。既然如此，我用詞也沒必要那麼拘謹了。

我往前踏出一步想表示友好。

「等等，你不要過來。」

對方朝我伸出手掌，冷冷地拒絕我。

「我還無法相信你。你可以把學生證留在原地，然後跟我保持十公尺的距離嗎？」

「咦？為……為什麼？」

「這是當然的吧？如你所見，我是個弱不禁風的女生，必須確保握有保護自己的手段，以免你有什麼不軌的行為。」

對方一點也不大意的視線刺向我。

弱不禁風。她這麼一說我才發現確實如此。

她的身高跟我差不多，所以不算高，體型十分瘦弱，手腳和腰圍都很纖細。另外，她的皮膚白得略顯病態，如果去雪山的話，應該會和背景融為一體。

一頭散發光澤的黑髮長及肩胛骨，每次她微微偏頭，秀髮便有如清水般柔順傾瀉。雖未刻意打扮，卻有好好保養，給人一種優等生的印象。

不過最特別的應該是那對琥珀色的眼睛吧。一輪淡淡的神祕光輝，彷彿畫在雲層上的月輪包覆著瞳孔。她的父母或是祖父母一定是外國人吧？從剛剛開始那種毫不客氣的說話方式，可能也是因為在國外長大的關係——

「……喂，你不要用那種令人不舒服的眼神打量我。」

女生不高興地說道。

「不好意思。」我低下頭。

直到現在我才深刻感受到，這個女生長得非常漂亮。

大大的眼睛配上纖長的睫毛，不過度顯眼的高挺鼻梁，淡粉色的雙唇看起來十分柔軟。

她的身體曲線纖細羸弱，用花來比喻的話，就像白百合或是白梅。不知道是不是因為完全沒化妝的關係，看起來雖然不豔麗，卻散發出一股千金大小姐的優雅氣質。

至少，這是我人生至今為止的歷史上從來不曾存在、宛如奇蹟般的美貌。

「……喂，你是怎麼回事？我剛剛就跟你說不准看了吧？」

她的聲音更加憤怒了，似乎很焦慮的樣子。

「剛剛還一副振振有詞的樣子，現在詞窮了？你這就是做了什麼虧心事的證據。快點給我看學生證。」

「不，那個……我沒帶學生證。」

「什麼？你不是在騙我吧？」

「我沒有騙妳，是真的。」

「我看你的表情就知道了喔，你比剛剛流更多汗了。」

「……」

對方不由分說的魄力讓我閉上了嘴巴。

我沒有說謊，我的學生證放在教室的書包裡。會冒汗是因為別的原因。

我本來就不擅長和女生相處，所以光是這樣和女生說話，我的身體就開始發燙，滿臉通紅。

除此之外，事到如今我也開始感到愧疚。

因為當時她沒有動的話，我沒自信可以發揮自制力。或許會順從欲望，對她上下其手。

若是如此，事情會變得怎麼樣呢？我可能會用卑劣的手段染指這麼漂亮的女生。身為一個人、身為一個男人，我真是差勁透了。一想到這，我便覺得羞愧難當，無法直視對方的眼睛。

沒錯。我搞砸了。要是相遇的方式沒有出錯的話，我們現在就可以更友善地交談吧……

難得在停止的世界裡遇到可以動的人，而且還是這麼漂亮的女生……後悔沉重地壓在我的背上，轉眼間，我已意志消沉，心情跌落谷底。

「抱歉……」

我低垂雙眼，好不容易擠出回應。

現在的我，就像在女神腳邊蠕動的小甲蟲，連和她再多說一句話都覺得惶恐。

「……我要回去了。很抱歉嚇到妳。」

「什麼啊？你要逃走嗎？」

「不是逃走……真的很抱歉。」

我邊說邊轉向腳踏車。對方提高音量說：

「等一下！你在找能動的人吧？既然如此，不是應該問我一些問題嗎？」

「改天吧。因為我好像讓妳覺得不舒服。」

「不，雖然我的確嚇了一跳，也無法相信你……但不是這樣吧？你真的無所謂嗎？」

「……老實說，我不擅長面對女生，對女生沒什麼免疫力。」

我不知不覺說出了實話，我踢起腳踏車車架，準備撤退。

「什麼不擅長啊！」

那個女生追了上來，不知為何一臉吃驚。

「這跟對方是不是女生沒有關係吧？你是在停止的世界裡第一次遇到除了自己以外還能動的人吧？結果卻這麼乾脆就放棄了嗎？」

「嗯。所以，改天見。」

「我的意思是，為什麼現在反而是你比較害怕啊！」

我握住腳踏車手把，她突然將臉湊了過來。

在極近距離下，對方射出的灼熱視線像是要看透我的心。

「妳……妳離遠一點，太近了，太近了。」

「哦，看樣子你說沒有免疫力是真的，但我有點受傷呢。」

「啊，我不是故意的，抱歉。」

「你幹嘛一直道歉啊？真是的。」

她噘起嘴巴，將手中的大衣披在制服上，與推著腳踏車的我並肩而立，一起往前走。

「請問……妳為什麼要跟過來？」

「這是當然的吧？我不可能白白讓你回去……因為我也在找其他能動的人。」

「咦……？」經過校門時，我頭也不回地問：「所以吉備乃學院也沒有能動的人嗎？」

「沒錯。時間停止現象開始已經過了大概一個月……但你是我第一個遇到能動的人。」

「這樣啊。」

一個月……？

我是上星期才第一次遭遇時間停止現象。這麼說來，她比我還早經歷這個現象。

原來這個現象還有個人差異啊……我愣愣地想著。

「嗯，所以再跟我說些話吧——相葉孝司。」

「咦……！」

我驚嚇過度，不小心發出驚叫。因為她口中說的名字，毋庸置疑是我的本名。

我又沒拿學生證給她看，為什麼……心中才閃過這個疑問，我便立刻察覺到自己的愚蠢，把頭垂向把手。

我好恨自己做事這麼一板一眼。因為腳踏車車體上的貼紙，清清楚楚記載了車主的地址和姓名。

「呃，這輛腳踏車……是……」

是朋友的。雖然想這麼說，但這只能逃得了一時，所以我閉上了嘴。要是被拆穿的話，只會讓對方更不信任我吧。

「這輛腳踏車怎樣？當然是你的吧？你應該不是借別人或是偷別人的車過來吧？」

她彷彿看穿一切似地質問。

我只能點頭說：

「……是去年底剛買的新車，我很喜歡。」

「是喔。既然已經知道你的底細了，我們來交換情報吧。」

她隨便敷衍我的回答後，自顧自地提議。

不公平，妳還沒跟我說妳的名字……不過在前面種種因素下，我實在無法說出

口。

她大概把我的沉默當成同意，繼續說：

「你剛剛說你在巡邏吧？目前為止有什麼成果嗎？」

「不，沒什麼特別的。」

我沒有說今天是我第一次離開學校。

「至少，除了妳之外沒有其他人能動。」

「對吧？這附近我也裡裡外外走過一輪了……啊，等等！」

她突然大叫，纖細的指尖指著行道樹的方向。

「你看，那邊有一隻麻雀才剛起飛停在半空中。」

「啊，嗯，沒錯。」

「牠是在空中張開翅膀的瞬間停住的吧？」

「的確。」

「意思是牠不受重力的影響吧？」

她直勾勾地盯著我，一邊看著我的眼睛一邊繼續說：

「雖然我們很簡單地用『時間停止』形容這個現象，但仔細想想，其中卻充滿矛盾。我們現在走在路上，代表這個空間確實存在著重力吧？可是那隻麻雀卻停在空中，這不是很奇怪嗎？」

「啊，原來如此。」

要說奇怪是很奇怪，但我認為停止世界裡有幾條規則，只要順著這些規則來看，其實也不是那麼奇怪。

但我不能隨便回答，感覺對方還在試探我。

我斟酌著用詞開始說明：

「嗯……我想妳應該也知道，時間停止時會出現兩種特殊現象，我自己稱它們叫『凍結』和『復原』。」

「我知道我知道！」她興奮地回應。「凍結就是那個吧，時間停止後類似鬼壓床的那個狀態，一開始連衣服都硬邦邦的。」

「嗯，不過只要用力移動一次就可以解除凍結，恢復原來的質感。」

「所以你的意思是，麻雀不會掉下來是因為凍結的關係吧？可是這樣的話……」

她停在原地，一副難以認同的樣子歪著頭。

「不，總覺得可以理解。意思是凍結的物體不適用物理定律吧？不過，就算解除凍結狀態也不會恢復原樣。我用貓咪測試過，就算把貓咪抱起來解除凍結，牠們也不會自己動起來。」

「這樣啊……」

看來我想到的理論已經被驗證過了。

對方再次提起腳步，我也推著手把跟上前。我隔著腳踏車走到她身邊後，她揮舞著雙手說：

「不只是重力喔！那光線又要怎麼解釋？我們的視覺系統若是沒有光線刺激，應該看不見任何東西吧？那世界現在應該籠罩在一片黑暗裡才對。」

「嗯……光線是例外吧？」

我一邊回答一邊將手伸向晴朗的天空。

在太陽光的照射下，手掌感受到微微的溫度。也就是說光線沒有被捲入時間停止現象裡。

「為什麼是例外？」

「我想可能是因為速度。」

聽到我這麼直截了當的回答後，她的頭上明顯地浮現了問號。

我必須說得更簡單一點才行。我將目前為止以直覺理解的事物消化後化為言語：

「我的意思是時間不是完全停止，只是流動的速度變慢了。所以實際上不是時間停止現象，而是時間延遲現象。這樣假設的話，光線會成為例外也不奇怪了。」

假設，如果將一秒擴大三六〇〇倍，變成一小時的話——

就算光速變成三六〇〇分之一，秒速大概也有八十三公里，由於速度還是夠快，所以我們體感上的認知幾乎沒有什麼差別。

不過，動物的反應速度就無法如此。貓咪被人用比平常快三六〇〇倍的速度抱起來，應該無法即時反應。

「哦。」

她停在走道上，將手握拳靠在嘴邊思考。

「……好像哪裡怪怪的。因為時間這種東西，只是為了方便解釋物理現象所設定的『量尺』，也就是根據觀測者的需求所設定的吧？隨便延長或縮短標準會對全世界造成影響嗎？」

「妳這麼一說也是耶。」

托爾斯泰說過：「往前流動的是我們，而非時間。」

也就是說變化是一種主觀，所以我們自然會以自身的立場來思考眼前的現象。

這麼一來，不但符合心跳次數的理論，也為只有我們能在這個靜止世界裡移動找到了理由——因為我和這個女生剛好擁有相同長度的量尺，大概是碰巧波長相合吧。

「或許改變的是觀測者。」我說。

「這樣的話，就是我們的速度加快成三六〇〇倍了吧？」

「有這個可能，只是我們沒有自覺。」

「這個很容易驗證……嘿。」

她輕呼一聲，從我的視線一角伸出手。

「……！」

「怎麼樣？」

冷冰冰的纖細指尖戳在我的臉頰上。

我的心臟和身體因為一股竄上背脊的冰涼，和意識到有女生碰到自己而波濤洶湧。

「好……好冰。」

「對吧？雖然我感覺很暖和。」

她縮回手，微微一笑。

那抹只能用天使的微笑來形容的笑容如此令人憐惜，同時又彷彿是惡魔的誘惑。我的心臟不禁撲通作響。

「——好，驗證完畢。」

她若無其事地繼續說：

「如果肉體的運動量變成三六〇〇倍的話，體溫應該也會變得非常高才對。所以不可能是我們自己在加速。用那種速度移動的話，不管是心臟還是血管都會一下子就爆裂了。」

「那、那可就傷腦筋了。到底原因是什麼呢？」

「如果量尺和觀測者都沒有改變的話，只剩下一個原因了吧？改變的是這個世界本身，也就是空間。」

她緊握拳頭主張。

大概是因為討論得激動起來，她雪白的臉頰染上淡淡的粉紅，心情似乎也在不

知不覺間變好了。

「空間嗎……妳是指如果靠近黑洞，時間的流逝會變慢這件事嗎？」

我才剛說完，她便愉快地笑道：

「我想這附近應該不會有黑洞。」

原來是這樣啊。我現在終於發現了，她之前一定很不安吧？仔細想想也是理所當然的。一個人獨自留在靜止的街道上，一定每天都在堆積如山的疑問中度過。

所以她才會如此歡迎唯一一個能理解這件事的人。

「——相葉，你剛剛說的另外一種現象會不會是解開這個謎題的線索呢？」

「咦……？另一種現象，妳說『復原』嗎？」

「對啊。因為那個現象甚至超越了『時間的不可逆性』吧？既然如此，我想那就可以當作我們現在存在的這個空間不同於平常空間的證據。」

「啊……的確。」

我搔搔後腦杓思考著。

復原，指的是停止的時間到了時限的時候所發生的現象。當時間恢復原狀的瞬間，時間停止時進行過的所有動作全都會重置。

舉例來說，雖然我們現在走在吉備乃學院的校門前，但等時限一到，應該就會回到各自的教室了吧。

到時候，開過的教室門和我騎來的腳踏車都會回到原本的位置，連我外出的事實都會化為烏有。關於這個現象，無法以時間延遲論或觀測者加速論來說明。

「關於復原產生的理由，你有什麼假設嗎？」

「假設嗎……」看著對方充滿期待的眼神，我絞盡腦汁思考。

這是個非常困難的問題。我根本不可能用半吊子的知識推論這個把熱力學第二定律過河拆橋的現象。

但我現在並不想說我不知道。因為我發現自己很享受和她的對話。

我希望多少能延長這段和樂的時光，因此拚命轉動腦袋。就算荒誕無稽也無所謂，只要能談得開心就沒問題了——

「……我不知道妳有沒有辦法了解，但基本上有。」

聽見我賣關子的說法後，她的眼神閃閃發亮。

「跟我說。」

「好。可能有點哲學就是了……我在想，我們現在存在的這個空間會不會是一種平行世界。」

「平行世界？」

她似乎馬上被勾起興趣。

「怎麼說？」

「假設時間這個概念本來就是一連串的平行世界——由一秒前的世界和一秒後的世界這些世界累積而成的構造——就可以說明復原這個現象了。」

「啊，原來如此。」她擊掌說道：「你的意思是，我們停留在其中一層平行世界裡嗎？」

「嗯。跟動畫的原理相同。動畫其實也只是用連續的靜止畫面做成影像，我們就待在其中一格，所以不管怎麼更改畫裡的事物，只要移到下一格就全都恢復原狀了。」

「哦。不過這樣的話，我們的身體會怎麼樣呢？在這個世界受傷，回到原本世界的話……」

「雖然不清楚，但如果只是被雨淋溼這種程度的話，我已經做過實驗了，會恢復原狀。」

「你理解得很快耶。但是記憶呢？記憶是保存下來的吧？」

「沒錯。我們能保有在停止世界裡的記憶。不過我目前沒有發現記憶以外的例外。」

「好神奇喔。明明記憶也是腦細胞的物理現象……是什麼讓記憶與其他東西區別開來成為例外的呢？」

她把手放在嘴邊思考。看來我千辛萬苦擠出來的理論意外獲得好評。

「感覺越思考疑問越多。以為自己進一步了解後，卻好像離真相更遙遠了。」

「這種時候大部分都是前提假設錯誤。」

「啊——我懂我懂，就像寫數學證明題時，感覺越做越混亂一樣。」

「哈哈，常常會這樣。」

她露出純真的笑容，我也跟著一起笑了。

另一方面，我想時空討論到這裡大概也是極限了。畢竟不管說再多艱澀的理論，我們也只不過是十幾歲的小孩罷了。

我們無法找出時間停止現象的原因，也不應該這麼做。探究真相這種事交給那

方面的專家或是科幻迷就好了。

我們現在能提出的答案，頂多就是要如何利用這個現象吧。最重要的是，要在這個世界裡做什麼。

不過，我想我已經找到答案了。

因為話題繞著時間停止打轉，讓我和這個女生的對話得以成立。

不知不覺間我們已經可以自然交談了。在她身上也已經感覺不到剛見面時的那股固執。談過話後，感覺她意外是個坦率、表情豐富的有趣女生。

如果是這個女生，或許在時間停止以外的時間也會願意和我說話。我因這份期待而歡欣鼓舞。

「——相葉。」

她喃喃呼喊我的名字，看向我。

一回神，我們正站在一處大大的十字路口，停在不會改變的紅綠燈前。

「那個……我們剛剛經過了一條行人穿越道對吧？」

「咦？嗯，對。」

我不假思索地回頭，後方的確有一條行人穿越道。

交通號誌顯示為綠燈，十幾個幼稚園小朋友正排成一列過馬路。

仔細一看，每個孩子的臉上都浮現燦爛的笑容，大大張著嘴看著天空。大概是在唱什麼歌吧。

馬路兩旁還有手持旗幟的幼稚園老師。

「……然後，那邊啊，有輛卡車往這邊過來對吧？」

「嗯……？真的耶。」

聽她這麼一說，我再度轉回前進的方向，一輛熟悉的宅配公司卡車，停在距離我們大約五十公尺處的前方。

「其實啊，我的視力非常好。」

她把手圈成望遠鏡的形狀，從洞裡看出去。

接著，她的口氣不知為何變得有點奇怪：

「不知道是不是我多心，那個司機——」

「嗯？司機怎麼了？」

「嗯，他該不會……在睡覺吧？」

隨著越來越接近卡車，我的心中湧起不好的預感。

終於可以看清楚了。透過前車窗，可以看到司機手握方向盤趴著的身影。他像是被午後舒適的天氣包圍住，身體深深地陷入座椅中。

「不過，不知道他是不是真的在睡覺……有可能只是瞬間閉上眼睛而已。」

我才剛開口，她馬上回道：

「他完全睡死了！嘴角都流口水了吧！」

她彈起身奔向前，雙手用力拉開駕駛座的車門鑽進車內，開始搖晃司機的肩膀。

「喂！你聽得到嗎！醒醒！」

她又是拍打司機的背部又是抓著他的衣領想把對方拉起來，司機卻沒有任何反應。

這是當然的吧？因為在這個停止的世界裡，司機絕對不可能醒來。

「為什麼……為什麼不醒來！」

儘管因為焦躁而提高聲量，她依舊不放棄，打算嘗試各種手段。她把司機的手從方向盤上拉開，又試著硬拔起引擎上的鑰匙……

從旁觀者的角度來看，她完全失去了冷靜，但這也是無可奈何的事。

宅配卡車離行人穿越道大約五十公尺，這個距離根據不同的車速，僅僅幾秒就會抵達。

如果卡車就這樣前進的話──前方等待它的就是幼稚園小朋友的隊伍。我的腦海裡自然而然浮現慘烈的畫面。

「……時速表呢？」

我在旁邊問道：

「現在時速是幾公里？」

「等一下！」她氣息紊亂地回答：「嗯……是這個嗎？指針指在二〇上面多一點的地方。」

那還好，速度不快。

照這個情況來看，應該是司機睡著以後放鬆了踩油門的力道吧。

假設時速是二十公里，秒速就是五・五公尺。距離卡車抵達行人穿越道大概有九秒……

只有九秒。

行人穿越道兩旁的幼稚園老師要發現卡車，還要讓小朋友躲開，這個時間可能有點短。

不，太短了。

「欸，欸……怎麼辦？」

她一臉蒼白，聲音顫抖地問。

但我也沒有任何對策，完全想不到任何有效的方法。

「……欸，煞車在哪裡？」

沉默後，她再度發問。看來，她無法坐視不管。

「告訴我，是哪個踏板？」

「左邊。」

我低頭回答後，她馬上鑽到駕駛座下。

儘管弄髒衣服也不以為意，她使出渾身解數，又是雙手壓住煞車，又是猛踢……但這些行為都沒有意義，徒勞無功。

就像我們剛剛所說，在停止的世界中無論做任何事，在時間啟動的瞬間就會全部重置。

所以不管是腳煞車還是手煞車都沒意義。載著熟睡司機的卡車會往前奔馳，將行人穿越道上的小朋友像保齡球瓶般地撞飛吧。

一想像這個結果，便能理解這個女生瘋狂的舉動，而她明知徒勞卻仍然試圖掙扎的姿態也令人覺得十分勇敢、美麗。

我的心情當然也一樣。雖說是不認識的小孩，但我並不認為可以失去這些生命也無所謂，可以的話我也想幫助他們。

但恐怕我們的時間也所剩不多了。

時間停止後差不多快一個小時了。這樣下去，等時限一到，我們就會被強制拉回各自的教室裡，到時候距離這場重大意外發生只有九秒。

九秒鐘什麼都無法做，也做不到。

雖然結論十分殘酷，但這正是現實。

我咬緊牙關，皺起臉龐，彷彿黑炭般的絕望降臨在視線中，眼前的光景朦朦朧朧地變得好遙遠。

然而她跟我不一樣，知性的五官隨著情感而泛紅，儘管披頭散髮，也拚命在抵抗迫在眉睫的悲慘命運。

「停下來，停下來，停下來……！」

為什麼不放棄呢？

好不可思議。但是，總覺得這樣的她比剛才任何一刻都還美麗。

我最後甚至看到了幻影——奮不顧身，浴血舉起進軍旗幟的聖女貞德——她嬌小的背影閃爍著絕不屈服的意志光芒。一定是因為這個緣故，所以我畏縮的身體才會自然而然地動起來。

「借過一下。」

腦海裡閃過一個微弱的念頭，我把一切賭在上面。我探身進駕駛座，把手放在她的肩膀上，用力拉開她。

「什麼……？你有什麼辦法嗎？」

看著她求救的眼神，我說：

「解釋太浪費時間了，妳先下車。」

「……我知道了。」

她毅然回答後馬上退開。大概是用盡所有方法了吧，她顯得一臉疲憊。

她就這樣將最後的希望放在我身上。

老實說我想到的方法能夠改寫命運的機率無限趨近於零。但是由我來接手最後一步，或許可以減輕她的精神負擔，就算只是這樣也有嘗試的價值。

卡車司機光著腳，幸福地閉著雙眼，我抬起他的膝蓋。

宅配卡車的車頂很高，駕駛座也很寬敞。此外，大概是為了從副駕駛座也能出去送貨，司機將左側的椅子收起來靠向前方，儀表板前空下一大塊空間。

正合我意。我站在那塊空間裡，仔細檢查卡車內部。

沒多久，我便發現駕駛座旁的架子裡收著一只小型資料夾。卡車裡沒有其他類似的東西，那麼我的那個目標一定就放在裡面。

我馬上抽出資料夾，打開封口，將裡面的東西攤在地上。我彎腰快速尋找宅配業者一定會有的東西。

「……找到了！」

我興奮地大叫，眼睛滑向好不容易找到的那張紙面，瞬間——

答，某處傳來指針移動的聲音，時間無情地啟動了。

「——我不舒服，要早退！」

下午第一堂課的教室中瀰漫沉重的空氣。

在復原的效果下，我回到自己的座位上後，出聲蓋過高町老師的講課內容，毅然起身。

「相葉，你……你怎麼了？」

老師回頭問道，同學們訝異的視線從四面八方飛來。

大家等會兒一定會開始亂傳，說相葉發瘋了或是上課中剉屎了之類的。

無所謂。隨便大家怎麼解釋，我管不了什麼形象。

「我回去了！」

不等高町老師回答，我拿起書包，握住手機走向教室門口。

人命最重要。事態緊急，大部分的事情應該都可以被原諒。

我一邊這樣跟自己說一邊勇往直前。我一出走廊便快步奔跑，下樓穿過校舍玄關後，專心致志地朝向腳踏車停車場。

雖然剛才腳踏車丟在路邊，但根據復原原理，應該會回來這裡。

最後，我在簡單的腳踏車停車場屋簷下，從眾多經過風吹日曬的腳踏車中找到了自己的愛車，解開鎖，拉出車子。

「……拜託！」

我跨上椅座，想著接下來要去的地方。

現在，靠近吉備乃學院的那條行人穿越道或許已經是一片慘不忍睹。

我害怕得指尖發抖。但是我必須過去，不可以一個人逃跑。

因為，她一定也正朝著現場前進——

我騎了十五分鐘的腳踏車前往目的地。途中，警笛作響的警車和救護車接二連三地超越我。

內心深處雖湧上難以言喻的不安，卻不容我減緩速度。

我穿過醫院院區以免碰到行人，一接近目的地，遠遠就看見現場聚集了人群。

在並不寬的道路前方，宣告緊急事態的紅燈在圍觀的人牆另一側旋轉著。

事情究竟變得如何？害怕知道結果的我心跳聲有如一連串的小鼓連擊，膝蓋發抖。

希望沒有人受害——我閉起雙眼祈禱，眼前瞬間浮現那道嬌小的背影。不管幾次我都想稱讚她，當時的她太了不起了，迅速察覺事態的嚴重性後，反射般地想搶救那群孩子。

沒有任何算計和考量，她的姿態令我動容，希望自己也能像那樣。所以無論結果如何，我都不能移開目光。既然她沒有從那裡逃開，我就必須有背負一半責任的覺悟。

就算我從這裡右轉，回到家也會盯著電視新聞不放吧。既然如此……

「——聽說小孩子平安無事。」

「咦？」

意外地有人從身後向我搭話，我急急忙忙轉過頭。

圍觀群眾裡，有個身穿吉備乃學院制服的極品美女。

「幹嘛啦，你沒聽到嗎？」

少女以認真的表情複誦：

「小孩子平安無事。聽說卡車在行人穿越道正前方轉向，撞上路旁的電線桿之後停下來了……因為速度沒有很快，所以駕駛的傷勢也不嚴重，雖然車子變成那樣就是了。」

她這麼說道，手指前方的卡車撞上路肩、卡進電線桿裡，形狀悽慘。

我這才發現，卡車漏出汽油，空氣裡瀰漫著些許刺鼻的臭味。柏油路上的黑垢逐漸擴散開來，警察正將白色粉末狀的物體灑在上面。

「——我也沒有看到意外發生的瞬間。」

少女用喪失力氣的表情繼續說：

「司機應該是在抵達行人穿越道前醒來了吧？雖然不知道他是自己醒來還是有其他外在因素。」

「太好了……沒有什麼大礙，真的太好了。」

我發自內心說道。無論如何，看來是免除一場大災難了。可能是因為緊張後的反作用力，我深深嘆了一口氣。

我輕撫胸口，少女卻不知為何神情嚴厲地避開人群，靠近我身邊。

「……你做了什麼吧？」

「咦？我不可能做什麼事啊。」

「不要騙我。」

沐浴在緊迫盯人的視線下，我縮起肩膀說：

「不，我沒騙妳啦，我剛剛才來到現場。」

「跟這個沒關係，時間停止解除之前，你在卡車的副駕駛座上做了什麼吧？你那個時候做了什麼？」

她邊說邊進一步拉近我們之間的距離，拉住我的袖口將我扯過去。

不不不，太近了，這很明顯太近了。大概是她的洗髮精的香味吧，一股香甜的氣息輕搔我的鼻腔。

「你快老實招來。」

「知……知道了。」

要是再靠近下去，我可能會瘋掉。我決定投降，一五一十地說出一切。

「咳咳！」我移開視線，乾咳一聲說：

「……不過能夠避開意外真的只是運氣好，我做的事大概沒什麼實際效用……」

「無所謂，快點說！」

「是！」

我敗給她熱烈催促的眼神，半死心地說：

「那個，妳知道『不在聯絡單』嗎？」

「不在……？」她微微側頭說：「就是送宅配時沒有人在家的話，會丟到信箱裡的那張單子？」

「嗯。」我點頭。「我在找的就是那個。駕駛座旁邊的置物櫃裡有一個文件夾，還好單子就放在那裡。」

「也就是說……你打了不在聯絡單上面的電話號碼？但那個不是宅配公司的免費電話嗎？」

「不，不是。單子上面當然有公司電話，但也有可以直接聯絡到司機的手機號碼——」

謎底解開其實就是這麼一回事。

在停止世界裡做的一切行為當時間啟動的瞬間就會重置，因此不管是踩剎車、拔掉車鑰匙或是把司機從駕駛座上拖下來都不會改變結果。

但是不知道為什麼，只有我們的記憶不會重置。

也就是說，只要記下在停止世界中得到的情報——個人姓名和電話號碼等等，就能在現實世界裡加以活用。

當時我唯一能做的，只有在時間啟動的瞬間拿出自己的手機，撥打司機的手機號碼。

不過只有九秒的時間。

只要按錯一次按鍵，一切就完了。

幸好這次有成功撥出電話，但我懷疑司機是否會注意到來電鈴聲。不，就算注意到了，也不知道來不來得及……

所以一定是其他因素防止了這場意外，像是路人的尖叫、方向盤的方向微微改變或是司機自己醒來等等。又或者是這一切加總累積才好不容易避開危機。

「——所以，這不是我的功勞啦。我沒有自戀到那種程度，也沒有那麼樂觀，直到現在我都還難以置信。」

「……這樣啊，原來如此。」

少女問完話後稍微拉開了距離，雙手交叉在胸前盯著我看。

「的確，沒有發生意外或許不是你的功勞，但你做得比我好太多了。」

「不，沒這回事。」

「你不要敷衍我。說來丟臉，但我當時只是陷入恐慌而已，從冷靜的你眼中看來，我一定很可笑吧？」

「等等，怎麼會可笑？」

「你做了該做的事，我卻什麼都做不到，對這個結果毫無貢獻，這是正確的評斷，不是嗎？」

「呃……」

她大概是認真過頭了才會這麼自責吧。但我認為她完全沒有必要自責。因為要是沒有她，我可能在想到那個方法前就放棄了——

「聽我說……」

我試著說一些不像自己會說的話，想要鼓勵她：

「我反而覺得妳很棒。我覺得那樣為了別人拚命的妳非常漂亮，也很感動，簡直令我憧憬。」

「什麼……」

一聽完我的話，她的臉頰馬上像夏日祭典中的紙燈座「啪」地紅了起來。

我慢半拍才發現自己說錯話。我覺得漂亮的是她的態度，是想對那份高貴的精神表達敬意，絕對不是說她的外表。

「等等，我說錯了。」

我慌慌張張地打圓場：

「我是指心漂亮，不是外表。」

這也不對。

她的外表實際上也很漂亮，否定的話顯得很失禮。

「不是，那個，不只是外表，是全部都很漂亮。我本來的意思是指全部。」

「等等，你在亂說什麼啊？」

她狼狽地低下頭，連耳根都變得通紅。她將下巴縮進大衣領口中，整個人都縮小了。

「嗯，真的，我在說什麼啊?哈哈哈。」

我想笑著帶過，但大概是沒辦法了。

連我自己的臉也紅成一片，都想要逃離現場了……

但必須想辦法補救才行，我不想讓她覺得我很噁心或奇怪，不希望她以後再也不想見我。話雖如此，但腦袋完全想不到能接什麼話……

「那個……」

當我仍試圖搭話時——

「夠了。」她氣呼呼地別過臉。「總之，我決定認同你的成果。」

「咦……？什麼成果？」

「你不記得了嗎？」

她邊說邊斜眼瞥向我。

「巡邏啊。不論過程如何，看樣子沒有白費工夫。」

「啊啊……」感覺得出來她這句話說得很不情願。「對啊，嗯。」

「所以，我偶爾可以陪你一起巡邏。」

「真……真的嗎？」

這意思不就是她願意再跟我見面嗎？就在我感覺心臟像長了翅膀要飛起來般時

——

「請多多指教，相葉孝司。」

她以有些鄭重的語氣喊了我的名字。同年的女生記住我的名字是多久之前的事了啊？

「篠宮時音。」

「啊？」

「我的名字啦，好好記著。」

她有些難為情地說完後，快速轉身背對我，就那樣氣勢洶洶地走過人行道。

獨自被留下來的我茫然了好一陣子。

不知不覺間，圍觀的群眾也變得零星。即使拖吊業者急急忙忙開始回收卡車，我依舊呆立原地。

篠宮……時音——？

我早已經看不見她的背影。然而我的心跳聲卻越來越大。

因為那是我國中三年級時，不斷在背後追逐的名字。

補習班模擬考試的榜單上一定在前幾名，而我一次都無法超越的名字。

不管怎麼努力也絕對追不上——那個曾經令人痛苦、咬牙切齒吐出的名字。這個名字甚至喚醒我過去的陰影，緊握的拳頭開始顫抖。

篠宮時音……過去我打從心底厭惡、視為眼中釘的名字。

第二話　小心時間小偷

人類的鼻子下方，有一道令人不解的凹槽。

這個被稱作鼻溝或人中的部位，在西歐似乎有個帥氣的名字，叫作「天使的指跡」。據說那是天使在人類投胎轉世時，將其所見所聞和前世記憶封口的痕跡。

不過只是封口的話，可能有人記得一切。或許還有人能夠充分運用上輩子所獲得的知識，將人生的大風大浪當作衝浪，樂在其中吧？

不用花什麼力氣，任何事都能一臉稀鬆平常，順利完成的人。就像在上天的允許下作弊，不停嘲笑凡人努力的人。我知道幾個這樣的人。

例如我姊。

例如名叫篠宮時音的女生。

例如現在我眼前的高町老師。

「——醫學系？你是認真的嗎？」

傍晚，在出路指導室中，眉頭彎成八字的老師從鼻子噴出一口氣。微微的嘲笑將鼻溝當作溜滑梯直落而下。

「你清楚自己的成績嗎？如果是國中時的成績還勉強說得過去。」

「我知道自己的成績退步了。」我坦率地回答。「但因為這是父母的期望，我無法寫這以外的答案。」

「我知道你父母有期待，但很難喔。」

「我明白。他們覺得重考幾年也沒關係。」

「這樣啊……我記得你父母好像是公務員？」

「是的。」聽到我點頭回答後，高町老師瞇眼露出苦笑。

我懂他的意思。如果是公立學校就算了，但聽說私立大學醫學系的學費要好幾千萬日幣。要是重考的話還需要補習費。老師應該是想說既然如此，不要把目標放得太高，普通地升學、普通地就業，對本人和家人來說不是比較輕鬆嗎？

然而以教師的立場而言，無法要求學生妥協。無法說：「找找適合你才能的地方吧。」所以一定會說下面這句話：

「……相葉啊，我會當老師不是因為我只能當老師。是我自己選擇未來的結果喔。你明白嗎？」

「我明白。」你是在炫耀吧？「老師是想問我有沒有夢想吧？」

「沒錯。雖然我了解你想回應父母的期待，但現在最重要的是你自己想做什麼。」

「成為醫生就是我的夢想。」

「……是嗎？如果是這樣就好。」

為了趕快結束畢業出路討論，我撒了謊。

如果要說實話，我根本沒有什麼夢想。我不可能有夢想。

本來會考須旺就不是我自己的想法。我在懂事前就被送進補習班，隨波逐流地唸書，聽從父母說的話走到這一步。就只是這樣而已。

不過我希望大家不要誤會，我沒有什麼不滿。拚命唸書至今是為了增加未來可以選擇的選項。我很明白這是通往夢想的準備期。

然而對老師這種得天獨厚的人來說，十六歲卻還沒有夢想的人看起來應該非常可悲吧？

因為老師和我截然不同。相貌堂堂，擅長與人溝通，個子高，運動神經又好，是自然會成為人群中心的人——也就是跟我家姊姊是同一種人。想必他年輕時一定過得非常愉快。人類真的是徹頭徹尾地不公平。

真要說起來，老師的思考方式很傲慢。在還不能賺錢養活自己的時候就談夢想只是一種任性。誇口炫耀任性的過去跟小混混用「我們那時候真的很亂來啊～」當作開場白來訴說當年勇沒什麼兩樣。

結果老師越正當化那樣的過去，也只是表示他對自己很有自信罷了。我這輩子一定跟這種人永遠無法互相理解。

所以我說：

「如果成績不夠好，我會更努力。所以我不打算修正志願。」

「這樣啊……那今天就到這裡吧，辛苦了。」

老師用帶著放棄的聲音回覆：

「嗯……現在還有時間，期末的三方面談我會再問一次，你考慮一下念醫科是不是真的是你想做的事。」

「我知道了，謝謝老師。」

我無動於衷地低頭離開位子。

「我先走了。」

「回家小心。」

「好。」回應老師後，背後傳來原子筆細微的書寫聲。

我一邊轉動指導室的門把一邊回頭。夕陽透過百葉窗的縫隙，將老師立體的五官影子照得更加深邃。

從老師的表情看來，我這次面談的印象似乎不是很好……

「請問，老師結婚了對吧？」

門才開到一半，但我的視線落在高町老師左手閃耀的光芒上時，便瞬間拋出了疑問。

我沒有特別想幹嘛，只是好奇守護孩子夢想的教育者，對自己的小孩是否也會說一樣的話這種無聊小事而已。

「嗯？」

大概是沒想到會突然被問起，老師露出吃驚的表情。

「我的確結婚了，怎麼了嗎？」

「沒事，只是想到老師的小孩已經有夢想了嗎？」

「什麼啊，原來是這個啊……」

年過三十五歲的高町老師淺淺一笑，把手撐在桌上，視線在空中游移了一陣後嘆了口氣。

長年教師生活浸透的辛勞，似乎從這個動作中透了出來。

「有夢想了嗎……不，應該還沒有吧，因為那孩子才三歲啊。」

「這樣啊，那沒有夢想也很正常。」

「不過啊，相葉……」

老師露出一抹大大的笑容，曬黑的臉頰皺成一團說：

「我現在的夢想，就是為這個孩子創造未來。」

竟然能若無其事地說出這麼老派的台詞。

「哈哈，很閃喔！」我這麼回答，心中則反覆咂舌了幾十次。

我果然不可能和這個人相互理解。

「——出路討論啊。」

和老師討論後的隔天下午一點三十五分。

篠宮在時間靜止的吉備乃學院中庭裡，坐在長椅上興致缺缺地低語。

「原來你想念醫學系啊，我之前都不知道——」

「那妳呢？妳沒有未來的夢想之類的嗎？」

「我？我沒那種東西喔。因為我的人生向來都是把一切賭在一瞬間上。是叫剎那主義嗎？總之是今朝有酒今朝醉。」

「那妳出路調查表怎麼寫？日聘勞工嗎？」

「那種東西當然是隨便寫一寫不是嗎？寫升學就好了，升學。」

儘管輕快地聊著天，她卻看也不看一眼坐在身旁的我。

雖說從初次相遇過了幾天，彼此稍微熟悉了一些，但我至今仍無法掌握篠宮這個人。她總是一邊握筆在素描簿上揮灑，一邊意興闌珊地回應我的話題。我和她之間的對話，比起一來一往的投接球更像是對牆練習。

傷腦筋的是，即使這樣相處她似乎也不覺得困擾。

加上每次離開時她總是會說：「再過來喔。」結果就變成我每天像這樣過來見她。

「我想到了。」篠宮突然轉變話題：「我給你的功課怎麼樣了？你有幫時間停止現象想名字了嗎？」

「啊，嗯。」

我邊回答邊搔搔臉頰。

昨天，篠宮提議能不能用比較短的詞來代稱時間停止現象。理由很單純，因為每次討論時要講這麼冗長的名稱很麻煩。

我當然樂得贊成。因為藉由幫現象命名便能創造兩人間的共同認知，這件事很有吸引力。這代表著這是這個世界上只有我們兩個人懂的暗號。我對此打從心底感到開心。

不過有個問題，那就是我之前已經自己幫這個現象取名了。

那就是──

「那個啊，妳覺得叫『傷停補時（Loss time）』怎麼樣？」

「嗯……怎麼樣啊。」

篠宮淺白色的氣息落在素描本上側頭說：

「不知道。什麼意思？」

「意思就是神沒有注意到的時間。」

聽起來可能有點抽象，我解釋道。

雖然沒有跟篠宮說，但我取這個名字是因為其他理由。

真正的原因是我覺得這或許是上天憐憫一路以來沒有女人緣、過著灰色人生的我，因而給我一天一小時的時間，好讓我取回遺失的青春……這種難以啟齒的內容。

「欸，相葉。」

篠宮放下鉛筆，側目瞥向我說：

「我看你好像不知道所以才跟你說……聽說最近足球比賽的傷停時間已經不叫『傷停補時』而是叫『Additional time』了喔。」

「……嗯，我當然知道。」

這是謊言，我其實不知道。

「這樣不是剛好嗎？傷停補時就只代表這個現象。」

「嗯……反正現在怎樣都可以，只要簡短就好。」

儘管篠宮看起來還是有點不太能接受，但似乎也沒有特別堅持的樣子。

傷停補時這個名字正式受到認可，我稍微放下心。反正這是只有我們兩個人才感受得到的現象，差不多就可以了吧？

就這樣，談話告一段落後，篠宮又繼續開始素描。

順帶一提，她今天的素描對象是三花貓。貓咪正以喉嚨磨蹭網球場上的金屬圍網靜止不動，篠宮連一根根貓毛都精細地畫了出來。

看來畫貓比跟我說話重要……但我覺得很不可思議。因為在時間停止現象——不對，在傷停補時（Loss time）裡不管創造什麼或是破壞什麼，只要時間一啟動，成果就會消失無蹤。然而篠宮為什麼可以持續專心致志地畫畫呢？

「欸，篠宮。」因為很在意，所以我試著開口詢問：「妳該不會是美術社的，所以才這麼喜歡畫畫吧？」

「我沒有特別喜歡畫畫。」

篠宮一邊橫拿鉛筆為畫面添加陰影，一邊以沒有起伏的聲音回答。

「我現在畫畫也不是因為開心才畫，只是一種習慣而已。藉由親手畫畫加深記憶，只要反覆這樣做，以後就算什麼都不看也畫得出貓咪對吧？」

「咦？是這樣嗎？」

我不禁誇張地睜大眼睛，嚇了一跳。

「所以妳是為了記住貓的樣子而畫畫嗎？真的假的？」

「……怎麼了？我說了什麼奇怪的話嗎？」

篠宮發出意外的聲音，轉過頭來對我說：

「你唸書的時候也會這樣吧？把國字或是英文單字寫在筆記本上好幾遍，藉此幫助記憶，這個跟那個是一樣的道理啊。」

「妳也會做這種事嗎？」

「『妳也會』是什麼意思？這是理所當然的事吧？」

篠宮冷冷說完，將視線轉回貓的方向。

此時我心裡暗自感動。因為篠宮或許不太認識我，但某種程度上而言，我以前就認識她了。

國中三年級時，我曾考慮轉到吉備乃學院。當然，目的是想脫離清一色都是男生的須旺學園，過著跟常人一樣的青春。所以我硬是要求爸媽讓我去補習班，在那裡好幾次的模擬考中，對篠宮的名字留下強烈的印象。

模考中我最高的名次是第二名。

第一名永遠是「篠宮時音」。

所以我記住了她的名字。由於吃了無數次敗仗，我單方面地將對方視為眼中釘。擅自認為對方是嘲笑我的努力、不可原諒的存在——跟我家老姊一樣是不用努力就什麼都做得到的怪物。

這個世界上有些人擁有犯規的記憶力，只要看過幾次課本就可以將內容完整植入腦中。所以知道篠宮不是這樣的人之後，我感到非常意外。如果她是累積常人的努力才守住那個名次的話，實在是個充分值得尊敬的對象。

因此，雖然很現實……但我突然對篠宮產生了親切感。

「——對了，相葉。」

「怎麼啦，篠宮？」我試著有些親暱地呼喊篠宮的名字。

「明天是星期六。」看樣子她並不介意。「你假日打算怎麼過？度過時間停止——傷停補時(Loss time)的方法。」

「沒什麼特別的，在家裡看漫畫之類的吧。」

「是喔。」

篠宮先是不帶任何感情地回答。不過——

「這樣的話就好……不過如果你要去哪裡要先跟我說喔，我也要去。」

「啊？」由於太過驚訝，我的下巴不小心往前凸。「什麼意思？意思是妳要跟著我嗎？」

「沒錯。畢竟……」

篠宮接著乾脆地說：

「我不能把野獸放入人群中。」

「野獸……」

了解這句話的意思後，我馬上不滿地回道：

「……那個啊，如果妳是指第一次見面的事，我應該已經道歉了。」

「是嗎？」

篠宮側著頭，嘴角露出不懷好意的笑容。她實在很故意。唉，雖然光是她願意把這件事當笑話來看，我就應該感激不盡了……

其實前幾天我老實地對當初遇見她時的事道歉了。

因為我擔心若是不先將我當時懷抱怎樣的心情、打算做什麼事說明白的話，彼此將來恐怕會留下疙瘩。

那段自白等同於懺悔。實際上我是跪在她面前謝罪。

想趁著時間停止觸碰女生是不爭的事實，我為自己的卑鄙感到羞愧。真的非常抱歉。

但是只有這點希望妳能相信，我絕對沒有打算做出觸法的行為。我只是想坐在女孩子旁邊，輕輕摟著對方的肩膀，體會一下情侶的感覺。我可以對天發誓。當我強調自己真的只是這麼想的時候，篠宮不知為何「噗嗤——」一聲，當場蹲下爆笑。

足足幾十秒的時間，篠宮甚至按住肚子上氣不接下氣地蹲在中庭的草地上大笑。我到現在還是不明白她為什麼要那樣笑我……

「總之我不能放你一個人，必須防止再犯。」

「不，我連初犯都沒有，是未遂。」

「不管啦。你沒有證據證明自己是清白的吧？」

「不不不，妳不知道舉證責任嗎？被告沒有必要證明自己無罪。舉證是提出告訴方的責任。」

「那，我被摸了！」

「冤枉啊！」

我一放聲否定，篠宮便滿面笑容、輕聲笑著說：

「呵呵，相葉真好玩。」

雖然被人拿不光彩的把柄來欺負有點不爽，但只要篠宮願意笑，我忍不住覺得這樣也沒關係。因為我在其他話題上從沒看過她這麼開朗的神情。

笑聲一往周圍擴散，就連凍結的大氣也都舒緩開來。溫暖的氣氛彷彿將我們團團包圍。

「話說，妳真的要跟來嗎？」我問。

「嗯，因為我明天很閒。」篠宮回答。

「這才是妳的真心話吧？」

儘管我笑著回嘴，內心卻覺得這是個好機會。

換句話說，那不就是可以公然約會嗎？

上天果然在叫我拿回青春。沒有理由放過這個大好機會。

我繼續和篠宮說著不著邊際的話，內心卻拚命思考。到底該去哪裡才好呢？要做什麼她才會開心呢——

「……那個，我問個無聊的問題。」

我夾帶一聲咳嗽，提出一個念頭：

「妳啊，喜歡貓咪和小鳥之類的對吧？那也喜歡其他動物嗎？」

「怎麼突然問這個……喜歡是喜歡啦。」

「哦？妳家有養寵物嗎？」

「不可能養啦。因為要照顧很麻煩，還要花錢買飼料。最重要的是，我覺得自己無法接受牠們死掉而分開。」

篠宮以平淡的口吻回答。

很像理性的篠宮會有的思考模式。她似乎是會先考慮最初和最後的風險，才會踏出一步的類型。這樣的話……

「也就是說，妳喜歡動物吧？其實，我在想明天要去動物園。」

「……動物……園？」

她的眉毛微微動了一下。感覺不錯。

雖然突然開口邀約很緊張，但只差一步了。我搔著熱度上升的臉頰切入主題：

「如果妳有空的話，怎麼說呢……不知道妳想不想陪我到動物園巡邏——」

「我去！」

我話語未竟，篠宮便馬上回答，大眼睛裡閃爍著期待的光芒。

她這麼敏銳，一定已經想像到了吧，在停止世界中去動物園的話會發生什麼事……

沒錯。在傷停補時(Loss time)裡，即使是猛獸的籠子也能安然進入，既不會被管理員阻止，也不會遭動物襲擊，可以在極近的距離中盡情享受和動物接觸的樂趣。

「那我們約好了。」我才將她的注意力拉回來——

「好！那我們要幾點、在哪裡集合好呢？」

篠宮便啪地一聲闔上素描簿，一口氣蹭過來，縮短我們之間的距離問道。

「咦！等……」太近了，太近了。

「欸，我記得動物園可以搭公車過去對吧？可是傷停補時(Loss time)的時候交通工具不會移動，所以必須在那之前抵達嗎……那就在動物園集合！」

「嗯……嗯。妳說得對。」

「集合時間是五分鐘前！下午一點三十分好嗎？接著要在一小時內制霸動物園！路線就交給我，我會好好調查的！」

「了解。」

輸給她的氣勢，我只能不斷點頭。

這種感興趣的回應超乎我的想像。雖然是我先提議的，卻演變成不得了的發展，令我全身上下爆出冷汗。

在這裡我想先坦白一件事。

或許有人會說這樣很沒男子氣概，但我唯一的興趣是做菜。

我們家是雙薪家庭，爸爸媽媽經常快十二點了還沒回家。因此，我從小就和姊姊一起分擔家事，從某天開始，廚房的工作就變成完全由我負責了。

做什麼事情都很天才的姊姊雙手靈巧，做菜也無可挑剔。不過，天才有時候會做出旁人無法理解的行為，開發使用獨創技巧的怪獸料理，不太受到家裡的歡迎。

家庭料理追求穩定性，因此全家便認同不管做什麼都很平穩的我，很適合守護相葉家的味道。

掌管廚房是我在女性地位崇高的相葉家裡唯一的優勢。為了守護隨著這份工作而獲得的各種權利，必須每天努力不懈。

「──什麼？你在做便當嗎？」

姊姊穿著運動服，一臉剛睡醒的表情看著客廳說道。

她的名字是相葉綾芽。

樸素卻涼快的短髮，清楚表現出姊姊爽快的個性。只是以妙齡女子而言，稍微欠缺了點魅力。就算排除家人間的偏心，姊姊也還是歸在美女的範疇，只是硬要說的話，她的五官偏中性，加上身材高挑，據說學生時期喜歡她的女生比男生更多。

這樣的姊姊現在的工作是吉備乃學院的代課老師。

「……現在不是才四點嗎？都是因為你在一樓窸窸窣窣我才會醒來吧，你怎麼了？」

姊姊一打開電視確認時間，馬上打了個呵欠追問。

這個嘛……我也覺得自己太拚了，可是睡不著也沒辦法嘛。

因為我要和篠宮去動物園啊。

不論她跟我去的目的是什麼，又是傷停補時（Loss time）裡發生的事，這無疑都是值得紀念的初次約會，怎麼可能不興奮？

「妳才早起呢。今天不用上班吧？要不要再睡一下？」

「可是我沒放假啊……啊——煩死了。」

「學校有什麼事嗎？」

「社會人士也需要做一些無聊的交際。學校拜託我當入學說明會的接待，明明是星期六卻早上六點就要去上班，蠢死了。」

姊姊一邊碎碎唸一邊把手伸過吧檯，抓了一顆沙拉碗裡的小番茄丟入口中。

「……所以你要出門？當學生真幸福。」

「算是吧。因為今天天氣好像很不錯。」

「所以你要帶著便當去野餐嗎？你越來越像老人家了耶，完了完了。」

「老人家……我是去戶外活動耶，應該是很年輕吧？」

「別說笑了，年輕人才不會早起做便當。」

「是嗎？」

我一邊做煎蛋捲，一邊和姊姊鬥嘴。

從這段對話來看我們姊弟的感情似乎很好……但我和姊姊其實最近才開始有些像樣的對話。

老實說，比我大七歲的姊姊一直是我憧憬的目標。

她眉清目秀，頭腦清晰，還擁有能夠擄獲眾人的領袖氣質。小時候我非常以姊姊為傲，心想我有一天也要像她一樣，懷抱不知天高地厚的奢望。

姊姊無論做什麼都是第一名，總是能馬上抓到做事的訣竅，以有如怪物般的成長速度壓倒其他人。她永遠都用一副若無其事的表情拿回勝利獎盃，因此讓父母和周遭的人對此也都感到麻痺，認為流有相同血液的我也能做到相同的事，對我抱以過度期待，覺得「他是相葉綾芽的弟弟啊」。

而我的人生正可謂是一部背叛這般期待的歷史。

我和姊姊打從根本就不一樣。例如學生時代時，大家從來沒看過姊姊在家裡唸書，她總是在朋友的包圍下開心生活，每天都沉迷玩樂，結果卻理所當然地進入了吉備乃學院，畢業後考上京都大學。

然而說起我，連提都不用提了。不管多努力，就連要和姊姊站在同一個平面都辦不到。明明我一直堅信著只要穿上和姊姊相同的那套制服，就能和她一樣開拓燦爛的未來……

「……欸，我有聽到煎蛋的聲音。」

「嗯，請試吃。」

我們是現在才能這樣正常對話，以前的關係非常糟。

我是全家——不，是全人類中姊姊唯一冷淡對待的對象。和她說話她不會回一個字，有段時間她還拉起防線切斷和我的所有接觸。大概是我做了什麼惹她討厭的事了吧。

不過，姊姊上大學過了四年的獨立生活後，為了工作回到家裡時，不知為何突然像換了個人似地，態度變得溫和許多。是因為她長大了，還是不知不覺間某個問題解決了，抑或是我自己改變了呢……

雖然不太清楚，但總之我們現在的關係還不賴。

「——欸，我說……」

在我想事情時，姊姊靠向我。她從吧檯探身朝廚房張望。

「你做的是兩人份吧？應該不是我的吧？」

「您真明鑑。不是妳的。」

「那是誰的？朋友？」

「算是吧。」

姊姊聽到我的回答後，不知為何嘴角迅速上揚，露出不懷好意的笑容說：

「不要這樣啦，男生一起出去玩還做便當去，可能會傳出奇怪的謠言喔。」

「什麼奇怪的謠言啊……啊，算了，妳不用說。」

我立刻阻止興致勃勃正想說明的姊姊。

因為姊姊似乎對男校存有偏見，將根本不可能會有的性向問題懷疑到我頭上。

「放心啦，對方不是男生。」

我「哼哼」一聲，驕傲地說。別瞧不起人，不是說士別三日，刮目相看嗎？對姊姊的反抗心令我露出竊笑。

「嚇一跳吧！我是去約會，約會。」

「什麼！」

姊姊的激烈反應出乎我的預料，她將手撐在吧檯桌上站了起來。

「這……這是說，你該不會交到女朋友了？」

「不是啦。」

雖然想要帥，但扭曲事實就不好了。

「很可惜不是那回事。只是為了一個類似自由命題的報告，所以要一起出去而已。」

「不過，明明不是女朋友，你卻做了便當？」

「沒錯，不行嗎？」

我打開冰箱回問，姊姊馬上提高音量說：

「不行啊！很不行！你毫無自覺得恐怖，我都嚇得發抖了……！」

「怎樣啦，只是便當而已，很普通吧？」

「一點也不普通！」

咚！姊姊的拳頭重重落在吧檯上，指尖銳利地指向我說：

「一般男生才不會做便當！所以你這樣非常噁心！因為誰知道你在裡面放了什麼！」

「……嗯？我放的都是很普通的料。」

「啊~真是的！你過來一下！」

老姊不耐地抓著頭髮，繞到廚房裡揪住我的脖子，然後以強勁的力道把我拉到沙發上。

「坐好！」

「啊？」

這麼突然是怎麼樣？我聽話地坐在沙發上後，姊姊雙手扠腰，氣勢洶洶地站在前方開始說：

「聽好了！社會大眾對男校生的印象，總而言之就是很髒。知道嗎？髮型俗氣又都是頭皮屑，滿臉痘痘，永遠穿制服或是運動服，整體散發著霉味。而且有一半都是御宅族，是有空就只會看A書的猴子——」

就這樣，姊姊滔滔不絕地開始逼迫我聽一般十幾歲女生的男性觀之類的東西。

但我懷疑這些話的可信度。就算是老姊，過的應該也是跟一般人不太一樣的青春。

我一直憧憬著姊姊，看著她的背影。我很清楚，總是被眾多友人包圍的她一直注意不偏向任何人以免破壞關係的平衡。換句話來說，她刻意不和任何人變成好朋友。

因為擁有才華，本質孤高的的老姊，能理解「一般」的概念嗎？實在很可疑……

「呼……呼……你懂了嗎？」

「嗯，大致上。」

姊姊剛起床加上血壓升得太快，好像有點暈眩。我因為擔心而乖乖聽她說了一頓後——

「聽好，我敢保證——」

訓話最後，姊姊揉了揉眉頭說：

「你的思考模式很危險——非常噁心。」

正如天氣預報所說，下午是個舒服的大晴天。

溫暖的日光從空中灑落，令人感覺不出來現在是一月下旬，動物園前的噴水廣場上出現一道虹橋。風和日麗，空氣清澈，遠山冬日枯萎的稜線比往常更清晰可見。

距離下午一點三十五分還有一些時間，只要一想到馬上就能見到篠宮，就連看著動物園因為一個個家庭而熱鬧喧騰的大門都讓我面露笑意。

我平常很不喜歡人多的地方，但只有今天不管多擠都無所謂。因為只要在傷停補時（Loss time）裡，不論何時何地我和篠宮都是兩人獨處。我單純地為這件事而開心。

然而——

「……可是，這樣真的好嗎？」

我喃喃自語。

我不能一味興奮。有幾件令人擔心的事，一想到那些，心情便漸漸沉重。

關於姊姊持續說到太陽升起的忠告，我最後決定無視。做便當不全是為了滿足我的興趣，而是因為傷停補時(Loss time)裡所有餐廳都呈現開門休業狀態。

當然，因為連自動販賣機都停止運作了，就算口渴、肚子餓了也沒有解決的方法。因此做便當和帶水壺這種事很正常，甚至應該要稱讚我很細心吧？

要說不安，我更擔心服裝的部分。

打從出生就和時尚打扮無緣的我，當然沒有約會用的戰鬥服。所以在各種煩惱後，我最後決定一如往常，在制服外面套上牛角釦大衣，以平安的選項打混過去。

這樣總比穿不習慣的衣服暴露自己差勁的品味來得好……雖然這樣想，但這就像是放棄比賽一樣，太孬了。

我原本買了髮蠟想至少改變一下髮型，但也由於缺乏這方面的經驗，只會全部往後梳，出門前覺得「還是算了」所以沖了個澡，最後的髮型就是頭髮自然乾燥的樣子。

換句話說就是跟平常一模一樣。不過，真的來到星期六的動物園後，覺得穿制服果然突兀。

雖說進入傷停補時(Loss time)後就不用在意眾人的眼光，但篠宮會怎麼看我呢？她可能會覺得我「沒有用心」而產生壞印象。就算這樣，現在又不可能回去換衣服……

我心煩意亂地走來走去時，正繞著入口圓環的汽車頓了一下，在我的視線一角靜止不動。

不用說，傷停補時（Loss time）來臨。

接著——

「——抱歉，等很久了嗎？」

身後傳來某人的腳步聲，耳邊輕輕響起平常那道可愛的聲音。

「不，沒有，我剛到……」

我邊回答邊回頭看，站在那裡的，是平常的篠宮。

制服上披著學校指定的大衣，綻放微笑的嘴角透出白色的氣息。跟平常不一樣的，大概就是改以雙手提著肩揹書包，和裙子裡的雙腿穿上了絲襪而已。

「啊……相葉果然也穿制服呢。我就覺得你會這樣。」

「哈哈，被妳看出來了……」

我回以乾笑。正當我一面為看不到篠宮穿便服的樣子而可惜，一面又因為她穿制服來而安心，內心五味雜陳時——

「順便問一下，為什麼妳覺得我會穿制服來？」

「這個嘛，因為總覺得你不是很會玩的人。」

「總覺得……？」

「嗯。因為你有些地方很單純，感覺很直率，我就猜你可能對打扮沒什麼興趣，所以覺得自己也穿制服來比較好。我猜錯了嗎？」

「單……單純……？」

她大致上是說對了，我卻不太願意老實承認。

「……那個，請讓我不予置評。」

「好，知道了。那麼，差不多該進去了吧？」

篠宮像孩子般咧開嘴，拿出兩張門票說：

「呵呵，我剛剛先買好的。免費參觀有點不好意思吧？」

「原來如此，多少錢？」

「之後再給我就好。現在最重要的是趕快進去。時間有限！」

就像「迫不及待」這句話形容的一樣，篠宮話說得飛快地催促我。她應該期待很久了吧。

看看，篠宮不等我回應便以雀躍的步伐穿過動物園大門。我急忙追上她。

「等等，妳決定好要先去哪裡了嗎？」

「那當然！不好意思，路線可是交給我負責喔？我可是定好詳細計畫才來的。」

「我知道了，就交給妳了。」

「那走吧，首先是這邊。」

篠宮指著前進方向，小跑步移動。

道路上，靜止的人群有如石柱般地排排站。果然有很多家長帶小孩子來，孩子們手裡拿著五顏六色的汽球。這些汽球為動物園內的風景點綴上色彩，歡樂彷彿從視線傳遞而來。

然而，篠宮卻看也不看一眼。

她就像越過後衛空隙的足球選手，靈活地在人群些微的縫隙間穿梭，保持速度邁進。我肩上背著裝有便當的背包，連要沿著篠宮的路線前進都很困難。

「等等……我勾到了。」

「你在幹嘛？振作點！」

篠宮拉住我的手，把我從人群叢林裡救出。

我的心臟因為短暫的接觸跳得飛快……

「走主要道路太沒效率了。先從近的地方進攻，再從那裡繞外面一圈好了。」

但篠宮似乎根本沒注意到她碰了我的手。

「猴子區雖然比較近，但好像不能進去籠子裡……先看北極熊比較好。這邊！」

「好……好。」

篠宮再次帶頭踏出步伐。誠如剛才所說，她似乎真的做了萬全的行前調查。

我也來過這間動物園幾次，頗熟悉這裡的地理環境，但感覺篠宮完全不需要幫忙。她連地圖都沒看便選擇了最短的路線，鑽進稍微變得稀疏的人叢中前行。

「——好，到了。要從哪裡進去呢？」

「呃，妳果然要進去裡面是吧？」

「當然囉。你以為我是為了什麼才來的？」

她的口氣彷彿在說什麼生活常識一樣……唉，算了，就別回嘴了。

一眼望去，北極熊區聚集了人群。視線掃過安在籠子上的解說牌，這裡似乎只有一隻快滿兩歲的小母熊。

說是籠子，其實沒有屋頂，只是在塗著白漆的水泥岩場中有隻白熊罷了。大概是正獨自玩耍吧，北極熊以雙腳站立，雙手抱著皮球。

隔離北極熊遊樂場和訪客的，只有既不大又不高的鐵欄杆和欄杆內超過兩公尺的人工溝漕。溝槽裡放滿冷水，出入口似乎只有岩場內的鐵門。

「我們從裡面繞一圈看看吧，或許有飼育員專用的入口。」我考量到安全性建議道。

篠宮卻不由分說地跨過鐵杆。

「沒問題，用跳的。」

接著口裡喊「一、二、三」便輕輕一跳，裙子在水道上翻飛開來。

篠宮「咻」地華麗著陸後，回頭向我比了個勝利手勢。她接著便直直走近小熊，毫不猶豫地將手伸向北極熊的鼻尖。

「哇嗚……毛硬邦邦的，但這是因為傷停補時（Loss time）的關係吧？實際上應該更柔軟吧？」

「不知道耶。」我也跨過欄杆回答。「北極熊的毛好像是透明管狀喔。聽說是為了藉此讓空氣通過內部，提高隔熱性。」

「哦，那可能還是會有點硬……咦？等等！仔細一看這些毛好像有兩層耶。看起來長長硬硬的毛和感覺很柔軟的短毛長在一起。」

「是喔？我不知道耶，我看看……」

雖然慢了些，但我也跳過了溝槽。

不過，著陸卻是搖搖晃晃，四肢趴地。因為我跳躍的距離比預想中還短，勉勉強強只有指尖碰到對岸。實在太難看了。

小熊不愧是小熊，長相帶著幾分天真無邪，眉眼看起來笑咪咪的。雖然身高跟我們一樣，但外表十分可愛。

幸好篠宮似乎完全沉迷於北極熊。我強裝冷靜地靠近。

「呵呵，好可愛。」

似乎無法只滿足於撫摸，篠宮抱緊小熊的脖子。

「啊，妳這樣會弄濕喔！」

因為像水滴這種沒有重量的東西很容易就會解開凍結狀態。

小熊看起來剛游完泳，不出所料，篠宮袖子上的水漬漸漸擴散。

儘管如此，篠宮仍一副不以為意的樣子說：

「但這種經驗可能不會再有第二次了，一定要摸到滿意為止。」

說完她甚至用臉磨蹭北極熊。

唔──好羨慕。當然是羨慕北極熊。

「……好，下一個！」

在撫摸小熊一會兒後，篠宮迅速回頭，再次跨越溝槽，然後從對岸朝我催促：

「快一點！」

「我、我知道啦。我現在就過去，妳冷靜點……」

「唔嗯，旁邊有亞洲黑熊，但不太可愛耶。感覺是真正的猛獸，眼睛完全沒有笑意。」

「我懂，那個啊……嘿！」我小心地跳過水溝，成功生還後回答：「有種壓迫感對吧？好像全身上下充滿野性一樣。」

「沒錯沒錯。牠暗地裡應該殺了好幾個人吧？」

「不不不，沒殺啦，殺人就會上新聞了。」

「只要一靠近，牠一定馬上就會『喀啦』！你這麼瘦弱，感覺馬上就會被『喀啦』。」

「妳那個狀聲詞很恐怖耶。而且被『喀啦』是怎樣啊？我第一次聽到這麼恐怖的動詞。」

「所以是不是之後再回來看就好呢？比起亞洲黑熊，那邊有大象，我們過去吧。」

「好好好……」

雖然覺得我們之間的對話好像微妙地沒有成立，卻感受到篠宮身上的喜悅。我也漸漸開心起來，覺得來動物園真是太好了。

「欸欸，你覺得我們有辦法騎嗎？騎大象一直是我的夢想！」

「沒地方踩上去的話不太可能吧？畢竟大象太巨大了。」

「有地方啊，這裡！」她拍拍我的肩膀。

「……妳該不會要踩著我的肩膀上去吧？還是要我跪下來當椅子？」

「看情況隨機應變吧。不過沒關係，我有設想到這種狀況，今天穿了絲襪。就算你偷看傷害也不大。」

「妳把我會偷看當作前提嗎……」

「啊哈哈，開玩笑的。」

篠宮綻放笑容，邊走路邊輕輕旋轉跳舞。

在傷停補時(Loss time)裡，沒有任何事物能夠阻擋我們。無論在哪裡，我們都自由自在，不受拘束，可以盡情接近、接觸、擁抱喜愛的動物。

我們攀上大象的背脊，大聲歡呼；輕觸老虎的喉嚨，心滿意足；興高采烈地將企鵝抱起；在紅鶴身邊金雞獨立。對我而言，最開心的莫過於看到篠宮像孩子一樣開心的笑容。

這樣快樂的時光持續一段時間後——

「——呵呵！我懂你的心情了，如果能碰一下也好的話，的確會忍不住想碰呢。」

「妳突然說什麼啊。我沒有摸任何人好嗎……是說這件事要拿出來講到什麼時候？妳什麼時候才能原諒我？」

「哈哈！對不起。」

篠宮露出天真無邪的笑容，和貓熊背對背坐下。

「我一直夢想能這樣。」

「衣服會髒喔。」

「沒關係。反正時間一啟動就會恢復原狀了……好，相葉！接下來還有很多地方要去喔！」

篠宮輕撫貓熊的頭站起身。

她的幹勁絲毫不減。我們朝一區又一區前進，充分享受在平常絕對不可能發生的與動物之間的肢體接觸。貓熊、無尾熊、獅子、斑馬、犀牛、鵜鶘……

「那裡有蛇耶。」

「不用了，謝謝。」

篠宮開心不已，也不怕弄髒手或制服。比起那種小事，充實度過現在才是最重要的，也符合她之前說過的剎那主義。或許也是因為我們擁有復原這道保險的關係吧。

我們翻越鐵絲網，跳過地上的高低差，混在飼育員裡進入獸籠，無畏地踩在穢物上一路前進。

就這樣一轉眼過了三十分鐘，篠宮不理會東奔西跑下已經筋疲力盡的我，依舊活力十足。

「好！來玩第二輪吧。」

我蹲在走道上抬手叫住興致勃勃的篠宮。

「……那個，要不要休息一下？那邊有長椅。」

「休息？為什麼？」

「我們已經走了很多路，妳不會累嗎？」

聽到我氣喘吁吁的話，篠宮終於回頭看我。

「不會吧！你已經累了嗎？體力真差耶。」

「抱歉，其實我昨晚睡不太著……」

「我也是啊！」篠宮興奮地說：「因為太期待，所以完全睡不著，我四點就醒了……不過說太多話口好像也有點渴了，我們在哪裡喝點東西……」

「正好，我有帶水壺來。」

「咦，真的嗎？」

「因為自動販賣機不會動，所以我想應該會需要。」

「啊，對喔。你真細心。」

篠宮佩服地說道，走向長椅。看來她願意休息了。

「啊，等一下。」

我從口袋拿出手帕。

「來，請坐。」

將手帕鋪在她要坐的位置上。

這是我昨晚上網查的約會禮儀。

「……啊，嗯。謝謝。」

不過，篠宮的表情不太自然，有些僵硬地坐在手帕上。

「雖然是男生，你還帶了手帕啊。」

「那當然。」我邊回答邊微微感到不安。「……該不會一般人不會這樣做吧？我也是第一次做這種事。」

「怎麼說呢？」篠宮也一臉困惑地說：「我也不知道一般情況是怎麼樣，不過感覺這樣有點老派。」

「這……這樣啊……」

難道說是資料太舊了嗎？雖然我好像一開場就失敗了，但篠宮沒有覺得不愉快，就當作是過關了吧。

還有挽救的機會。我迅速從背包裡拿出水壺，在茶杯裡倒好茶後交給篠宮。

「謝謝……咦，那你怎麼喝？」

「沒問題。我有帶紙杯，另外當然也準備了紙盤和筷子。」

「咦？杯子就算了，為什麼需要其他東西？」

「其實啊……」

雖然有點在計畫之外，但這是個順勢推銷便當的機會。我期待已久，從背包中取出便當盒。

腦海中響起「鏘鏘——！」的音效。

「來，這個。我想逛動物園可能會肚子餓，就準備了便當，當然也包含妳的份。」

「……」

篠宮睜大眼睛啞口無言了好幾秒。

在靜止的時間中，感覺時間又再次凝結了。

「……呃，那個……」篠宮不知為何慌了手腳。「這根本不用懷疑，是手製的便當吧？你請媽媽幫你做的嗎？」

「不，是我自己做的喔。」我挺胸說：「妳或許會覺得很奇怪，但我的興趣是做菜，平常就很常做便當。」

「……這樣啊。」

篠宮苦笑，再次陷入明顯的沉默，似乎連表情也突然黯淡下來。

她該不會像姊姊說的一樣，覺得我這樣做很噁心吧？

我突然擔心起來，打圓場道：

「呃，那個……男生做的菜可能會讓人覺得有點恐怖，但我很注重衛生，菜色也滿好吃的，妳看。」

我打開粉紅色的便當盒。

「飯糰、炸蝦、漢堡排……還有菠菜炒菇、茄汁義大利麵。也有當季的炸牡蠣……還是妳不餓？」

「……不，不是這樣。」

篠宮低垂雙眼，悶悶地說：

「對不起，我不能吃這些。」

篠宮口中明確說出拒絕的瞬間，我們之間就像出現強大的重力場一樣，降下一層冷空氣。

「這……這樣啊。」

我無力地闔上便當蓋，擠出乾笑。

「不好意思這麼勉強妳。那個……畢竟我不是很清楚妳的喜好嘛。」

我垂下臉，口中說出道歉的句子。

我在興奮什麼啊？我對自己的愚蠢感到失望。

不是篠宮的錯。就像姊姊說的一樣，從女生的角度來看，男生就是骯髒、不細膩、隨便又不可靠的生物吧。

所以才不能相信他們做的菜。不知道裡面放了什麼，所以才覺得噁心。因為一直以來只有家人吃我做的菜，我才沒有任何自覺。一般人都會這麼想吧？既然如此也沒辦法。

「哈哈……那請喝點茶吧。」

我伸出手勸篠宮喝茶，打算迅速用另一隻手收拾便當。

沒關係。就拿來當今天的晚餐吧，雖然一定會被老姊嘲笑就是了。

當我正打算放棄時——

「……等一下！」

篠宮在長椅上屈身向前，用力抓住我的手。

「對啊，對喔！」她的聲音顫抖。「我之前為什麼都沒注意到？現在是傷停補時（Loss time），只要啟動時間，除了記憶，所有事情應該都會因為復原的效果一筆勾銷。所以這不是現實，是附贈的時間——！」

篠宮的眼睛漸漸睜大，同時恢復了光彩。

「我要吃！我要吃便當！」

「咦？」

「我會心懷感激地享用。把便當放在那裡，可以借我筷子嗎？」

「可，可是……妳怎麼突然？」

「那不重要。拜託。」

雖然覺得不可思議，但篠宮氣勢逼人，我決定照她說的做。

篠宮用顫抖的手指接過筷子，露出奇妙的表情低聲說：「開動了。」

接著她慢慢將筷子伸向炸蝦。

篠宮將炸蝦舉到眼前，一臉戰戰兢兢地移到嘴邊，然後——

「好……好好吃！」

她嘴裡還在咬著便驚呼出聲。

「這是什麼！超好吃！麵衣還脆脆的！而且裡面很有彈性，很香，完全沒有腥味！」

篠宮一邊說著像是美食節目的感想，一邊吞下食物，魄力十足地問：「我可以再多吃一點嗎？」

「啊，好。請用請用。」

「那，那下一個是炸牡蠣——！」

筷子劃過空中。

說到篠宮接下來的吃相，只能用「壯烈」來形容。她簡直像冬眠前的大熊，氣勢洶洶地狼吞虎嚥。

她甚至抓住飯糰，大口大口咀嚼說：

「好厲害！這個飯糰沒有包料卻好好吃！為什麼？」

「啊啊，這個啊。」

我開始說明。我準備了兩種飯糰，有包海苔的飯糰和灑上炒芝麻粒的飯糰。

「我把醬油塗在海苔的其中一面上，稍微用火烤過。這樣做吃起來會比調味海苔還香，拿在手上也不會黏黏的。芝麻飯糰也有下了點功夫，其實我在米裡面加了一些香油後才拿去煮。這樣既可以提升味道和口感，就算過了一段時間，米飯也能保持溼潤柔軟。」

「哦——那這個呢？漢堡排裡有加起司吧？不過顏色不一樣，是用了兩種不同的起司嗎？」

篠宮用筷子前端叉起漢堡排，請我說明。規矩真差，不過我無法斥責她。篠宮現在的雙眼，閃爍著跟看動物時一樣的光芒，燦爛奪目。

老實說吧，我真的很開心。

回想起來，就連家人都不曾為我做的菜這麼開心過。也因為先前為了帶便當來而不安、曾經一度遭受拒絕，現在胸口才會升起一股熱意，令人眼眶泛淚。

我在心裡低聲說了無數次謝謝。

在這段期間，篠宮依舊以猛烈的速度進食。她的食慾遠遠超出我的想像，便當盒在幾分鐘內就被一掃而空，篠宮身材纖細，吃進去的食物是跑到哪裡去了呢？

「……那個，妳不介意的話，要不要吃我的便當？」

「咦？可以嗎！」

篠宮一臉很想吃的樣子，但還是表達了基本的矜持。

我微笑打開另一個便當的蓋子後拿給她。

「沒關係。反正只要傷停補時（Loss time）一結束，吃完的便當就會恢復原狀，我之後再吃就好。」

「啊！對喔！那就謝謝招待了！」

語畢，篠宮再次一口接一口地繼續進食——

以秋風掃落葉之姿吃完兩人份的便當，篠宮喝著茶，滿足地嘆了一口氣。

「啊……好吃。」

仔細一看，篠宮的肚子凸起來了。原來如此，我終於發現了。

篠宮一開始說不能吃便當，大概是因為害怕體重增加吧。這麼說來，我家姊姊也常常站在體重計上發出吼聲。

維持身材對女性而言是攸關性命的大問題。想到篠宮旺盛的食慾，的確需要自制力吧。

但是在傷停補時(Loss time)裡的話就可以放心了。不管吃了什麼，只要時間啟動就會變成沒吃過。所以可以不用擔心體重增加，只獲得精神上的滿足。

「多謝款待。」

篠宮闔起雙掌向我說。

我反射性地低頭回答：「都是些小東西。」

「不，沒這回事。每一道菜都很好吃。我覺得這已經完全超越興趣的領域了，你可以更自豪。」

「哎呀，沒這回事……」

被稱讚還真不好意思。

我抓了抓後腦杓掩飾害羞，篠宮一臉嚴肅地盯著我。

「……欸，我有件事想問你。」

「咦？」感覺好像很慎重。「什麼事？」

「那個……莫非你平常也會做便當嗎？感覺你好像很習慣的樣子。」

「啊啊，嗯。對啊，我也會帶去學校喔。畢竟午餐錢也不能小看——」

話還沒說完，篠宮便雙手包住我的手說：

「如果方便的話……」

她以十二萬分認真的眼睛靠近我說：

「以後能不能也幫我做便當呢？當然，請跟我報材料費。然後，如果你中午過來的時候能帶過來，我會很高興的……」

不知道是不是途中感到害羞的緣故，篠宮的臉越來越紅。

我想都沒想過會有這種發展。

「我很樂意，每天都會帶便當過去。」

「真……真的嗎？謝謝你！」

篠宮露出向日葵般的笑容，用力搖晃抓著我的雙手。

其實我才想謝謝她。

我是個無趣的人，內心有很多陰影，總是冷眼嘲笑這個世界，抱著膝蓋待在房間的角落。明明不想和別人有太深的牽連，卻又極度害怕被拒絕。

在認識篠宮前，擅自討厭她。直到現在，面對過去崇拜的姊姊，也一直覺得自己只有做菜贏得了她，在家裡總是抱著自卑感。

但是這種憂鬱的心情在剛才那一瞬間，全都消失得無影無蹤了。

因為篠宮開心的模樣拯救了我。

所以我想做些什麼向她道謝。如果篠宮喜歡我做的菜的話，我願意為她竭盡全力。

這樣又能和她待在一起，還可以坐在她身旁聊天說笑，這令我高興得無以復加。

腦袋暈陶陶的，靈魂就像長出翅膀飛起來一樣。

我還不知道這是否就是戀愛。

不，我明白。我這種人不可能配得上她這麼漂亮的女生。我們的關係終究只存在傷停補時（Loss time）裡，不可能發展成戀愛故事。

但是我將篠宮視為一個人來喜歡，這是不爭的事實。

只要她想，我願意為她做任何事。只要想到篠宮，我的體內似乎就會湧出力量。

「——好！那我們就來衝第二輪吧！這次我還要畫素描。」

儘管吃了那麼多食物，篠宮卻在飯後休息時間迅速起身。看來她已經在第一輪選出素描候選人了。

「好，走吧！」

我的疲勞也消除得一乾二淨。我起身跟上篠宮。

剩下的時間不多了吧。不過，篠宮似乎想要享受到最後一分鐘，我當然也是。

夢境般的時間持續著，然後——

傷停補時(Loss time)結束，一回神，我已站在動物園的入口。

萬里無雲的晴空下，涼風將噴水池的水氣吹到我的臉頰上。

我擦乾模糊的眼鏡卻到處都看不到篠宮的身影。便當吃完理應變輕的背包也紮實地恢復了重量。

「結束了啊……」

一股失落感突兀地襲來，我吐出嘆息，胸口彷彿破了一個大洞，總覺得難以平復心緒。

不過，曾經度過的時間並不是夢，篠宮應該還在附近。

——要等等看嗎？

或許篠宮會拿著票過來也不一定。

我應該可以期待。我們在傷停補時裡相處得那麼融洽，現實世界裡應該也一樣才對。現在才剛過中午，體力也恢復了，我們還能一起玩幾個小時吧？

我懷抱這樣的想法等待。

我在颳起冷風的噴水池前，殷殷期盼著篠宮……

然而，傷停補時之後我又等了一個小時，篠宮依舊沒有出現。

「……可能是有什麼事吧。」

我喃喃說道，帶著失望踏上歸途。

下午兩點過後我回到家中，將沒動過的便當收進冰箱，回到自己的房間睡覺。

雖然晚上姊姊回家後看到便當大力嘲笑了我一頓……

但我表現得像個男人，沒有特別辯解什麼。

傷停補時是虛假的時間。

它像海市蜃樓般虛無飄渺並操弄我，只要想試圖做些什麼，時間一到便會化為泡影。

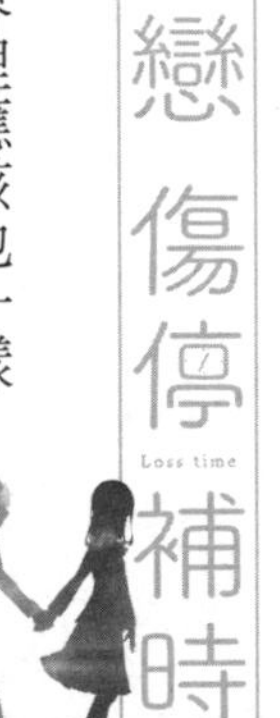

幸好，當時和篠宮交換過的約定是真真切切的。

動物園約會四天後的下午一點三十五分——

「好厲害！我第一次吃到章魚燒！」

「妳真的沒吃過嗎……？妳喜歡就好。」

時鐘指針停止後，我帶著便當來到吉備乃學院也已經是第三天。

我甚至覺得這已經變成一種習慣。我們一如往常，並肩坐在中庭的長椅上享受只有兩人的午餐時光。

我不時說明菜色，邊看著篠宮吃飯的樣子，邊品嚐她為我準備的咖啡，這段時光再幸福不過了。一眨眼就過去的這一個小時，是我每天的期待。

「唔嗯，這個動來動去的東西就是章魚對吧？devilfish？」

「嗯……是說，妳不用張開嘴巴給我看。」

篠宮正如外表所見，像是真正的千金大小姐一樣，好像幾乎沒吃過垃圾食物。

因此，只要我每天做這些不一樣的菜色放進便當盒裡，她就會露出耀眼的笑容。

而且這件事意外地不麻煩。

即使篠宮在傷停補時（Loss time）裡吃掉便當，在現實世界裡也沒有消耗掉什麼。也就是說我只要做一人份的便當，然後在放學後吃就好了。實在非常省錢。

「嗯……不過，我覺得自己好像完全呈現被餵養的狀態。」

享用完飯後茶，篠宮「呼」地吐了一口氣說：

「你也是！明明說要解開傷停補時的謎底，卻只是在吃喝玩樂不是嗎？這樣可以嗎？」

「反正也沒什麼線索啊。」

我啜了口咖啡，隨便回答。當初說那些本來就是藉口，只要現在過得很充實，其他怎麼樣都無所謂。

「我一直有在思考喔。」

篠宮看著遠方說：

「仔細想想，不管是凍結還是復原，這些現象都太好用了。吃了你做的便當後，我覺得世界上真的有神存在呢。」

「什麼神……太誇張了。」

「不，一點也不誇張。」

篠宮從長椅起身，鞋尖踢向腳邊的小石頭，接著朝向我說：

「聽我說，亞里斯多德說過，所有物體運動都是藉由其他物體推動的結果。我踢了石頭，石頭在草地上滾動後雖然停了下來，但動能本身並沒有消失，只是擴散到周圍而已。」

「妳是說能量守恆定律對吧？」

我試著跟上這個話題。

「然後呢？」

「也就是說啊，一開始有一股能量，那股能量向全宇宙擴散之後的結果就是我們。雖然熵不停增加，世界最後會迎向熱寂，但我們都存在於這個過程中。可是這麼一來不就要探究『一開始最早的運動物體——最初的能量是什麼』嗎？」

「……不是宇宙大爆炸嗎？」

「沒錯。不過亞里斯多德說那股能量就是神。」

「原來如此。」我終於了解這段話題的重點了。「的確，有人說越知名的科學家越不會否定神的存在。」

「嗯，像是牛頓也有身為神學家的一面。好像是因為只要探究科學，就會面臨到堆積如山、只能向神探究根源的現象。」

「像是『宇宙微調問題』也是吧？有人說，生命誕生現象發生的機率比奇蹟還低，這麼一來，說是某個人故意改變了宇宙的設定還比較可信。」

「就是這樣。所以我才覺得應該將傷停補時想成神的『作為』。不要去想怎麼會發生這種現象，而是想這個現象的目的是什麼，以及我們兩個人被選上的理由。」

篠宮一邊說一邊拿出放在長椅旁的素描本攤在膝上。接著，她立起鉛筆，閉上一隻眼，將焦點對準我。

「妳該不會是要畫我吧？」

「嗯，害羞嗎？」

「唉，是會害羞啦。」

我從長椅起身，和她拉開距離。

「話說回來，妳開了一個那麼壯大的話題，結果卻是畫素描嗎？」

「沒錯。你不喜歡的話，我今天是不是畫一下學校呢？」

篠宮輕易地放棄，把身體縮在長椅上，轉向校舍。

在動物園時篠宮也是畫畫到最後一刻，她是真的喜歡畫畫吧？不過，時間有限的話，不是應該還有其他事要做嗎？例如和我聊天之類的。

「就算畫了也留不下來，不會覺得這樣浪費時間有點遺憾嗎？」

「……」

聽到我的問題，篠宮的肩膀微微顫了一下，她停下筆。

「你剛剛說什麼？」篠宮壓低聲調低語：「你說有點什麼？」

「咦？啊，遺憾。」

我說了什麼惹她不高興的話了嗎？

我一瞬間感到不安，不過……

「什麼？痴漢？討厭，好可怕。痴漢在哪裡？」

她東張西望地環顧四周，最後將視線落在我身上說：

「在這裡。」

「什麼在這裡啦。不要發明新的整人方法啦，是說這件事的時效也差不多了吧……」

「哈哈哈，抱歉抱歉。」篠宮開朗地大笑。「那個啊，你這週六也會去哪裡嗎？」

我是有時間啦。」

「嗯，去哪裡看看吧。」太好了，看來我沒有惹她生氣。「再去一次動物園也可以。」

「嗯——」篠宮將鉛筆靠在嘴唇上思索。「感動可能會變少，總覺得暫時不要再去比較好。下次去水族館之類的地方看看吧。」

「水族館……？我覺得就算是傷停補時也無法進入水槽裡。」

「哈哈哈，說的也是。」

篠宮一臉開心，看來假日出門這件事已經是既定事項了。

冷靜思考，一切實在順利過頭了。像我這麼不起眼的傢伙竟然能和這麼漂亮的女生一起說笑。

不過這是只限定在傷停補時裡的關係。

雖說我們每天這樣碰面，但我和篠宮唯一一次在傷停補時以外的時間說話，只有最初相遇，在意外現場的那天。動物園那次她好像也是馬上就回去了，或許她並不希望把我們的關係帶到現實世界裡。

不過，現在只要這樣就好。

篠宮完全不打算跟我談自己的家庭或是學校生活，大概是覺得我不知道也沒關係吧。那這樣就好。

傷停補時（Loss time）朋友，我們就是這種關係。在這個停止的世界裡，我能和她單獨並肩走在路上。光是這個事實便令我心滿意足。

在這個不可思議的現象結束前，我們之間的羈絆不會斷。這樣的話，我也不再有奢求。

「——那，我想去你家打擾一下。」

「嗯欸？」

因為篠宮在我思考時爽快地說了這句話，讓我發出有如青蛙被壓扁時的叫聲。

「……怎麼？不行嗎？」

「不是，等……等等。怎麼這麼突然？」

「因為去你家的話，不就可以吃到剛出爐、熱騰騰的料理了嗎？」

「啊啊……是這樣啊。」

結果，看樣子對她來說最重要的是吃。不知為何我鬆了一口氣。

至少我的菜比畫動物素描更有價值，我認為這是件值得驕傲的事。

「欸，是在傷停補時（Loss time）裡去打擾，可以吧？」

篠宮身軀微微前傾，以仰望的視線拜託我。

「星期六中午，請你幫幫忙做好菜在家裡等我，我會買蛋糕過去。」

「我是沒差，但為什麼要買蛋糕？」

「因為我想吃。我們來開一場盛大的派對吧。」

「……派對嗎？我不會做那麼豪華的菜就是了。」

我佯裝冷靜回答，其實拚了命地壓抑內心滿溢的興奮。

我高興得就算傷停補時解除後，也忍不住在課堂上雙手握拳，擺出勝利的姿勢。我的心情就像成功達成某件大事一樣。

篠宮要來我們家……這是第一次有女生來家裡。我既開心又不好意思，像瘋了一樣。

因此，在那之後，我度過了好幾天無眠的夜晚。

我神經質地打掃家裡，一根頭髮也不放過，在姊姊和爸媽懷疑我得了精神病時，終於迎來了星期六——

「打擾了。」

「請，請進。」

一進入傷停補時便來訪的篠宮，依舊一身制服。

不過，感覺好像哪裡不一樣。不知道是換了洗髮精還是什麼，她的頭髮看起來似乎更有光澤，臉上也畫了淡淡的妝。

篠宮手上拿著白色的蛋糕盒。從大小來看，似乎是買了一整塊大蛋糕。她該不會打算兩個人吃那麼大的蛋糕吧……

「你們家好漂亮喔，是新蓋的房子嗎？」

「不，應該已經有二十年了。」

「這樣啊。我家非常舊，到處都髒髒的……跟我家相比你們家可是閃閃發亮喔！」

「那就好。來，拖鞋。」

看來我打掃得很值得。我低聲說了句：「好！」沒讓篠宮聽見，手伸向走廊裡面說：

「站著不好說話，趕快進來客廳吧。我已經準備好了。」

「哇嗚……！我已經聞到香味了！」

我走在一臉高興、笑顏逐開的篠宮前方，每前進一步心臟便跳一下。只屬於我們兩人的派對終於要開始了。

爸媽因為工作不在家，姊姊在二樓午睡，傷停補時(Loss time)裡當然不會有任何打擾，再怎麼喧鬧也不會有人聽見。

「——哇！好棒！」

我一打開客廳門，篠宮便高聲讚嘆。

餐桌中間是銀色的大盤子，上面擺放了各種派對料理。篠宮快步靠近，臉龐瞬間綻放出光彩。

「哇啊……！炸雞、洋蔥圈——咦！這個螺旋狀的東西是什麼！」

「是馬鈴薯。螺旋炸薯條，裡面還混了花枝圈。」

這些點心都剛炸好，應該全都熱騰騰的。

傷停補時(Loss time)裡所有物體都會凍結，所以不會冷卻。物體的熱能會包含在其中，在凍結解開前持續留在原地。

只要從進入傷停補時(Loss time)時遭到固定的位置移動物體，便能解除其凍結狀態。

「嘿咻！」

因此，我先用力抬起銀色的大盤子。

接著，這些油炸點心立刻冒出熱氣。

「喔喔喔……！」

篠宮「啪啪啪」地為我鼓掌，我也請她趕快趁熱吃。有種自己變成魔術師的感覺。

不過可不能太陶醉。由於傷停補時(Loss time)裡所有電器產品都不能使用，因此食物不能加熱，不快點吃的話就浪費了。

「啊，妳要喝什麼飲料？」我問。「如果妳想喝的話，也有酒就是了。」

「相葉，你只有在傷停補時(Loss time)裡會想一些壞壞的事呢。」

篠宮笑著搖頭說：

「雖然我也想試試看，但在這麼美妙的料理前嚴禁冒險。請給我牛奶。」

「了解。我去準備。」

我打開冰箱，以玻璃杯倒好兩人份的牛奶後回到餐廳，與篠宮相對而坐。

「好，那就開始囉。乾杯！」

「乾杯——！」

隨著篠宮起頭的聲音，玻璃杯碰撞出清脆聲響。

熱愛做菜的人與喜愛食物的人，兩個人的宴會不需要其他任何東西。

「開動！」

篠宮可能是特別餓著肚子過來吧，她立刻將手伸向帶骨炸雞，一邊呼呼吹氣，一邊拿到小巧的嘴巴旁。

「啊！好燙！可是好好吃！這個炸雞怎麼回事，超多汁！」

「多汁的祕密在於鹽麴。雞肉用鹽麴稍微醃過後不但會變嫩，還可以同時調味，一舉兩得。」

「真不愧是大師級的技巧！大廚，你最棒了。不過我想吃飯！」

篠宮一邊稱讚一邊提出要求。我當然不會也不想拒絕她。因為電子鍋裡的飯也早就煮好了。

接著篠宮就像小孩子般連聲喊著：「好吃！好吃！」氣勢驚人地進食。平常優雅知性的篠宮在食慾前會捨棄一切的這一面，也是她的魅力之一。她會單純地享受眼前的料理，直到心滿意足為止。

而我自己則是一如往常地開心看著她。

篠宮大方地用全身對我創作出來的作品表達稱讚。那個身影令我既感激又愛憐，胸口溢滿酸酸甜甜的感受。

這裡沒有任何雜音。

澄澈的空間裡響起的，是我們感動的聲音。

是生命的躍動在停止的世界中所演奏的強烈共鳴——

要解釋其中細節的話，就是咀嚼聲、喉嚨吞嚥聲和無聊的對話。或許聽在有些人耳裡會覺得沒水準，但那些聲音對我而言卻是難以言喻的舒服。如果傷停補時裡(Loss time)能用錄音機的話，我會錄下來一整天重複播放。

不過這場靈魂的演奏會在篠宮無盡的食慾下，不到三十分鐘便靠近終點。

「啊啊……好好吃。」

篠宮放下叉子，雙手合十默禱：「我吃飽了。」

銀盤、飯碗、白醬燉菜的盤子全都一乾二淨。

成為食材的生命也能因此瞑目了吧？不過我一直在想，那些食物到底跑到這副嬌小身軀的哪裡去了呢？我都要懷疑篠宮的胃裡是不是有個黑洞了。

「我沒有想到會吃完……要不要泡個咖啡？」

「也是。那就來吃甜點吧。」

看來她沒有休息的打算。篠宮立刻將帶來的蛋糕盒放在桌上。

「這次是這個！噹噹——！」

蛋糕盒在充滿活力的音效下打開了——

不出所料，出現在眼前的是一整塊圓形的巧克力蛋糕。

「好大的蛋糕……」我半傻眼地開口：「妳真的打算兩個人吃完這個蛋糕嗎？在吃了那麼多東西之後？」

「盡量吃吧。一起努力吃到不能吃為止！」

篠宮這麼說道，眼裡充滿鬥志。看來她的食慾沒有一點點衰退的跡象。我苦笑著將分蛋糕的刀子交給篠宮。

「啊，切蛋糕對吧！」

篠宮似乎想到了什麼站起身來。

「相葉，要不要一起？」

篠宮帶著惡作劇的笑容看向我。簡單來說就是那個吧？結婚典禮上會做的那個。為什麼會提議這麼害羞的事啊……可是我想做，沒理由不做。

「請……請讓我一起！」

我下定決心回答，繞過桌子站到她身旁。

這麼一來，我們兩人的肩膀勢必會微微靠在一起。因為這個距離，我的臉頰先是發燙，接著全身的汗水似乎都化為蒸氣，衣服裡溼答答的。

我聞到篠宮的香氣，她的體溫從肩膀傳了過來。我的心跳聲一定也傳到她那裡了吧。雖然不好意思，但好開心。

這把刀要兩人同時握住實在太短了，無論如何我們一部分的手掌都會不小心碰到，篠宮和我都不發一語。

我們倆只是一邊心跳加速一邊將刀子劃入蛋糕裡。

不知道是不是我們的動搖傳到刀尖的緣故——原本要將蛋糕切成八等份，結果切出來每塊的大小卻差很多。

「……呵呵！哈哈哈！」

最後我們兩人都大笑出聲。篠宮一定也很緊張吧？這樣切蛋糕實在太奇怪了。

「相葉，要不要我餵你啊？」

「不，不用。」我馬上拒絕。「我肚子已經很撐了，要照自己的步調吃。」

其實，真正撐的是我的心。心臟要是再跳得更快，我恐怕會因為心律不整而昏倒。

篠宮不知道明不明白我的這種心情，舔了一下刀子說：

「嗯嗯！好吃！」

「……妳真的很厲害，是無底洞耶。」

「甜食是另一個胃啊。」

篠宮挺胸說道，坐下開始吃蛋糕。我也直接坐在她身邊，將切得最小的那片蛋糕放到自己的盤子上。

老實說，我的胃已經到極限了……但是這巧克力鮮奶油的味道，是我有生以來嚐過最甜，卻又帶著微微苦澀的滋味。

時間終於啟動。

傷停補時（Loss time）結束時我總是會想：「快樂的時間真是一眨眼就過去了。」

我和她分別，這結束的瞬間總是沒有任何前兆。回過神來，我已孤零零地站在廚房裡。

跟平常一樣空虛。

這份疼痛我已經體驗過好幾次了。不過因為我也擁有同等的愉快回憶，相減後應該還是有賺到。所以我很清楚，不可以捨不得分開。

儘管如此，今天的寂靜不知為何特別痛。

我幾乎忍不住要找些什麼來填補內心空出來的大洞。

我想像現在馬上衝出家門，或許能見到還在附近的篠宮。但要是這麼做之後被她拒絕的話——我光是想像便全身打顫。

篠宮大概不喜歡在傷停補時(Loss time)以外的時間和我見面。說到底，我們只是傷停補時(Loss time)朋友，這段關係不容許帶到現實中。

因為事情就是這樣。她是念吉備乃學院的大小姐，跟我這種半吊子本來就處於不一樣的世界。

所以我不能再被她吸引了。不可以再奢求更多，我這麼對自己說。貪心的話，可能連現在的關係都會失去。

「——不可以……喜歡上她。」

回過神，才發現我說出了這句話。

而淚腺也突然騷動起來。

我看向天花板，阻止快氾濫的淚水。

不行。我已經喜歡上篠宮了。我不知道這是否就是初戀，但我最近總有這樣的想法：我離不開她。可以的話，我想一直待在她身旁。

傷停補時（Loss time）是令我們相遇的現象。然而，時間恰恰也是分開我們的殘酷系統。如果這就是神的旨意，或許只能遵從，非忍耐不可。

我咬緊唇瓣，就在這時——

「……那個，不好意思……」

門外傳來極微小的聲音。

側耳一聽，似乎還有敲門聲。

該不會……我急急忙忙跑向玄關，只穿著襪子就直接踩到脫鞋處打開大門。

然後——

「那個，不好意思讓你特地做一餐。這個，請收下。」

篠宮低著頭遞出白色蛋糕盒。

「咦？那……那個……」

內心實在太過混亂，令我不知道該回什麼才好。因為我連作夢都沒想到篠宮竟然會回來。

在我呆立原地時，篠宮抬起頭露出害羞的笑容說：

「相葉，一直以來很謝謝你。這是你幫我做菜的回禮和提前的情人節禮物……當然，裡面都還沒動過，請和家人一起吃。」

「啊，那個，勞妳費心了。」

「不會不會，你才費心了。」

篠宮滿臉通紅。或許是我自戀，但我覺得篠宮跟我有相同的想法，這讓我現在高興得快要飛起來了。

——我離不開她。

如果她也是這麼想的話，我當下便死而無憾。

「……那，再見。」

篠宮在臉旁微微揮手。

「星期一見，我會在學校等你。」

「嗯。我會再帶便當過去。」

「嗯。我很期待，再見。」

篠宮低語後迅速轉身離開。她從黑長髮間露出的耳朵，果然也紅冬冬的。

我放下心口的大石，揮手目送篠宮離開。明明只說了一點點話，這股充實的感覺是什麼呢？

真的很不可思議，跟剛才完全不一樣。同樣是分別，現在內心卻充滿暖意。

等到星期一就能和她見面。只要想到這點，我便忍不住笑了起來。

「這是什麼……今天是我生日嗎？」

過一陣子起床的姊姊，看著桌上的料理和蛋糕，懷疑地歪著腦袋。

「肚子餓的話可以吃喔。」我說。

「這樣啊。」老姊不知為何一臉嚴肅。「雖然我不是很清楚，現在是本來要吃的人不能來了吧？」

「雖然不是這樣，嗯，但類似吧。」

「嗯嗯。有時候也是會有這種事啦……好，弟弟，今天姊姊就陪你到滿意為止。首先先拿酒來！」

「好好好。但我喝牛奶就好了。」

「什麼啊，真無趣。」

姊姊一邊這麼說，一邊迅速咬了一口炸雞。

「……嗯？你技術是不是進步了？這個有下什麼功夫吧？先調味之類的。」

「沒錯。鹽麴和祕密香料吧。」

「唔嗯。」老姊興趣缺缺地帶過，打開我拿給她的啤酒罐拉環，一臉幸福地灌下啤酒。「噗哈——！」

事後回想，姊姊沒問我：「祕密香料是什麼？」真是太好了。

因為欣喜到無以復加、一臉傻樣的我，可能會帶著竊笑回答出「愛」這種無聊的答案。

太可笑了。

我根本一點也不了解篠宮的心情。

第三話　我和她的奇異點

數學老師收回答案卷走出教室的同時，身旁的同學們全都躁動起來。

期末考第一天結束，大家的反應各不相同。有人帶著自信滿滿的笑容開始解說考題；有人聽到解說後馬上喊著放棄這次的考試了；還有聽到這些話露出嘲弄笑容的人。

不過，事到如今無論說什麼都無法改變分數，他們其實只是圖個心安，想藉由別人的稱讚或理解舒緩考試的激動罷了。真受不了。

「相葉～我完蛋了啦。可能會不及格。」

「佐佐木，抱歉，我今天有點急事，明天見。」

我把靠在身上的朋友推回去，對方回道：「你好冷淡喔～」但我沒有再理他，說了聲：「掰掰。」便背上背包走出教室。我才沒有多餘的同情心給有女朋友的人。這個幸福的傢伙。

雖然我說有急事，但其實時間根本多到有剩。由於考試期間中午就必須離開學校，距離傷停補時（Loss time）還有一個多小時。問題反而是要怎麼打發時間。

根據今天早上從姊姊那裡得知的情報，我們學校的考試時間似乎和吉備乃學院差了幾天。也就是說，篠宮今天應該是跟平常一樣上課，以為中午我就會過去吧。

如果我背叛她的期待會怎麼樣呢？她一定會很失望。

不，這麼做說不定很危險。化為飢餓野獸的篠宮很可能會自暴自棄地亂買東西吃，在現實世界中爆發深不見底的食慾。最糟的情況是吃壞肚子住院。為了避免這樣的危機，我才會像平日一樣帶便當上學。

雖然也可以事先跟她說：「我會先回家。」但對如今已將午餐時間當作生存意義的我而言，失去這個機會是很大的損傷。一個小時只要在街上晃一晃就過去了，所以我打算這麼做。

不過突然間要打發時間也無處可去，實在傷腦筋。就算想在附近騎騎腳踏車，但因為強烈寒流的影響，最近似乎是今年的最低溫，我雙手凍僵、鼻水也止不住，只能找個地方避難。

因為上述種種原因，我所抵達的地方便是吉備乃學院外的便利商店。雖然可能會造成商店困擾，但只要在店裡看看雜誌，一小時很快就過了吧。

然而這卻是不幸的開端。

「——咦？你在這個地方做什麼？」

在便利商店的書架前和我搭話的，是我的姊姊大人。

糟了，我完全忘了老姊是吉備乃學院的代課老師。中午時間出來便利商店買東西是很正常的事。

「你幹嘛？沒去上課嗎？」

「期末考啦。今天早上有跟妳說吧？」

「啊，對喔，現在要回家了嗎？」

「你有好好考試吧？再給我看成績單喔。」

畢竟還是在意別人的眼光吧，姊姊悄悄靠近我身邊低聲說；

「是沒差啦，但給妳看也沒意義吧？」

「有意義啊，姊姊擔心弟弟有什麼不對？」

「這不像妳會做的事吧？覺得妳只是要尋找攻擊我的材料。」

「聰明！因為我最近只有欺負弟弟這個樂趣，請好好提供。」

「妳啊……該交男朋友了啦。老大不小了。」

「我……我才不需要什麼男朋友！這跟年紀沒有關係吧！」

姊姊稍微提高音量，撞擊我的側腹。

「唔！」肋骨縫隙間像是被人刺到般疼痛，我不小心喊出聲。

「姊，等等。妳看一下場合啦，都已經是大人了。」

「欸，孝司，雖然我覺得不可能……但你該不會是有女朋友了吧？」

姊姊突兀地改變話題，用認真的表情急速靠近我。

「……幹嘛這麼突然？」

「你看你，這種反應。從沒有立刻否定的那一刻就很可疑了。不想肋骨裂開的話就老實招來！」

如果是這個人，她可能真的會這麼做。我感受到生命危險，拉開距離說：

「沒有女朋友啦。」

「騙人！」雖然我說出嚴正的事實，但姊姊不知為何不接受。

「因為你最近很奇怪啊。不是每天都哼著歌做便當，就是假日突然做豪華料理。那原本是要給某人吃的吧？雖然最後被對方放鴿子了。」

「妳誤會了啦。那只是原本要和朋友開派對，後來因為對方突然生病取消了而已。」

「朋友是男生還是女生？」

「當然是男生啦。我念男校喔。」

儘管我如呼吸般自然地說謊，姊姊卻懷疑地看著我說：

「雖然我只有聽到聲音，但前陣子在我們家前面說話的那個人是女生吧？」

「咦！」

「你看！果然。」

姊姊露出「如我所料」的表情靠過來。

我慢了半拍才發現姊姊是在套我話，但為時已晚。

「姊姊我很擔心，怕你會不會被奇怪的女生騙。」

「不不不，妳多慮了。而且從我看來，沒有人比妳還奇怪。」

「不要開玩笑。就算沒在交往，但有個女生朋友對吧？是我們學校的學生？」

「怎麼可能？」姊姊的直覺真的敏銳得很麻煩。「都說不是了。」

「這也是騙人的。」

姊姊盯著我的臉肯定地說。

她大概掌握住我眼球的移動模式、嘴巴開闔的方法、語調等我說謊時會有的習慣吧。如果是我家姊姊，能辦到這種事也不奇怪。

這樣的話，一味地打混仗也只是讓自己的立場越變越差，當事實漸漸明朗時，恐怕也會令對方反感……

再隱瞞下去並非上策，因此我決定公開某種程度的情報。

「……我知道了。敗給妳了，我最近是認識了一個女生朋友。」

「果然。是我們學校的學生？」

「嗯，沒錯。」

「…………」

接著，姊姊不知為何把手貼在額頭上，一臉遺憾地搖頭說：

「我懂。第一次會控制不了輕重吧？應該要積極到什麼程度，又該在什麼時候收手……不過客觀來看，你的狀況非常糟。當作沒救了比較好。」

「妳在說什麼啊……話說回來不要擅自決定我是第一次好嗎？我沒跟妳聊過我的交往史吧。」

「啥？這還用說嗎！」

姊姊不顧旁人的目光，用誇張的反應回答：

「你一定是處男啊！」

「欸，太大聲了……真的拜託妳別說了。」

我的頭已經開始痛了，姊姊卻繼續煩人的訓話。

如果是午休出來買東西，也差不多該回去了吧？然而姊姊完全沒有結束話題的意思。

我不敢相信她能在便利商店這種公共場合說得如此投入。這麼說來，老姊還在唸書的時候，曾經有人說過看到她半夜和一群人聚在超商停車場，原來那恐怕是真的。真是寶刀未老啊。

「……那個，可以放過我了嗎？」

「不行，你還沒聽懂我的意思吧……因為你們雖然沒在交往卻有那種感覺吧？那你們交往後會怎麼樣？一定會更誇張——」

姊姊的話突兀地中斷。

我已經不會覺得奇怪了。為了確認，我看向飲料區上掛的時鐘，果然是下午一點三十五分。

看來進入傷停補時（Loss time）了。

「……是說，時間啟動後她還要繼續訓話嗎？」

我自言自語地嘆了一口氣。

沒辦法。是我思慮不周，才會在這種時間來吉備乃學院附近。好好反省一下吧。以後絕不會再來了。

篠宮差不多要從教室出來了吧。雖然我也打算過去，但又覺得有點太早了。因為她應該以為我跟平常一樣，是傷停補時（Loss time）開始後花十五分鐘騎腳踏車過來的。所以要是我現在馬上過去學校裡面的話，篠宮可能會覺得奇怪，為什麼我會這麼早到。

雖然我希望自己已經洗清色狼嫌疑了……但仍然不該採取和平常不一樣的舉動。我決定再看一下雜誌。

接著——

「……咦？」

我下意識地出聲。

在眼前書架的對面，我隔著超商的玻璃，看到一頭熟悉的黑長髮從眼前經過。

是篠宮，不會錯。

可是好奇怪。她應該在上課，為什麼會從學校的反方向走過來呢？

我偷偷觀察，篠宮臉上帶著柔和的微笑，胸前抱著黑色水壺。那是她平常為我準備，拿來當便當謝禮的咖啡吧。

「為什麼……」

我的腦袋一片混亂，再次看向牆壁上的掛鐘。

為什麼篠宮會在這裡？就算是傷停補時(Loss time)後她外出好了，也才剛過幾分鐘，太快了。那就是她今天沒去學校……

她會不會是請病假呢？雖然請假，但認為我會跟平常一樣帶便當過來，所以特地出來見我。

然後打算在我面前表現得和平常一樣，這樣就說得通了。她的臉色看起來的確有些差。

沒錯，一定是這樣。如果我自然地問起的話，她應該會笑著說：「被發現啦？」

我笑著將雜誌放回書架，走向超商門口。

「——完了。」

我發現自己蠢到不行，當場抱頭蹲下。

傷停補時(Loss time)最大的缺點就是自動門不能開。因為感應器不會動，就算站在門前也不會有反應。

所以只能手動拉開，但門又很重。

傷停補時(Loss time)的凍結狀態加上自動門本來的重量和抗性，以我瘦弱的臂力根本推不動。

「……是叫我不要去嗎？」

我低語，彎腰盤腿坐在腳踏墊上。

當然，硬來是可以離開便利商店。就算打破玻璃也沒關係，反正傷停補時(Loss time)結束後就會恢復原狀。

但不知為何，我卻沒有力氣這樣做。

一定是因為我內心猶豫的關係吧。儘管我在腦海裡反覆模擬，卻害怕向篠宮提出疑問。

現在只有微微的預感。

但或許我心底早就知道了。

她有某個祕密。

因為篠宮從來不跟我說自己的事，所以除了名字和興趣，我其實對她一無所知。

家庭構成、住處、電話號碼、交友關係、平常過著怎樣的學校生活等，完全不清楚。

儘管我們每天見面仍是如此。但正常來講不可能會這樣，我再遲鈍也知道她是故意隔離這些資訊。

所以我才這麼害怕吧。害怕對她不自然的行為提出質疑後，那個超乎我想像的真相——光是想像那個我一點都不想知道的現實從天而降的樣子，我就全身發抖，湧上一股作嘔的感受。

我現在的日常生活非常閃亮，一切都是篠宮的功勞，所以我才害怕探究。或許那條通往篠宮內心的道路會在某個地方變成一座高聳的斷崖，意外中斷……

回過神才發現我抱著自己的膝蓋。

我深刻體會到自己無法以這種心情去見篠宮。

我把額頭放在膝蓋上，在腦海裡重複同樣的問答。當我一個勁兒持續這件事的途中——

「……對吧！所以必須趁現在做好心理準備。」

聽到姊姊從傷停補時(Loss time)解放開來的聲音後，我馬上回答：

「姊，抱歉，我先回去了。」

「咦？怎麼這麼突然？」

「念書啦。我說過現在在期末考吧？」

公式性地回答後，我迅速離開便利商店。

那天一定就是轉折點。

我發現到為什麼自己一直以來都這麼消極，不想知道更多關於篠宮的事。

就算我們在傷停補時(Loss time)裡的關係再好，我連篠宮有沒有交往對象都沒確認。我很害怕知道自己在她心中處於什麼地位、她是怎麼看待我的。

但還有件更重要的事。

平常和篠宮說話時，她臉上偶爾會出現黯淡的神情——我本能地避諱去攤開隱藏在其中的事物。

但現在不一樣了，我的想法正在改變。我想知道一切，包含篠宮身上的黑暗面。即使知道後會受傷，我也想走進她的內心。

所以——

「……我回來了～啊——好累。」

「妳回來啦。」

「你……你幹嘛？」

我在玄關等待姊姊回來，決定不讓她有心理準備就拋出這個問題：

「妳很在意對吧？平常和我在一起的女生是怎樣的女生。」

「……什麼啊？怎麼這麼突然？」

「所以我打算告訴妳她的名字。不過相對的，我希望如果妳有什麼關於那個女生的情報，也要提供給我。」

「……唔。」

穿著套裝的姊姊一副不感興趣的樣子脫掉鞋子，但看起來又有些心浮氣躁的。她果然還是很在意吧。

最後，姊姊從脫鞋處踏上玄關地毯，嘆了一口氣說：

「交換條件嗎……不過很不巧，我好歹也是教育工作者，隨意將學生的個資——」

「接下來一週內，妳晚餐想吃什麼我都會照單全收，妳可以點任何想吃的東西。」

「咦！真的假的？」

教育工作者的面具「啪啦」一聲落下。

比想像中容易上鉤的姊姊說：

「意思是牛排也可以嗎？配紅酒也行？」

「這個月的伙食費還有剩，稍微奢侈一點也沒關係吧。」

「真的嗎？點心可以吃蛋糕？」

「一天一個的話綽綽有餘喔。」

姊姊聽到我的回答後表情瞬間一亮，吞了一口口水。她這麼好懂實在太令人感謝了。

確認交涉成立後，我進一步問：

「姊，妳知道篠宮時音這個學生嗎？」

「篠宮……？」

姊姊嘴裡複誦，交叉手臂思考，滿心歡喜的表情漸漸變得嚴肅。

「我聽過，她好像是一年級的學生吧？」

「沒錯。」

「……是什麼呢？有件她的事……」

姊姊將視線轉向天花板，似乎在探索記憶，一陣沉默後，她終於像是發現什麼一樣，遮著嘴巴「啊」地一聲說：

「對了，篠宮的確是……」

「的確是什麼？」我問。

心臟狂跳不已。因為姊姊的臉色陰沉得足以勾起我的不安。

「嗯，怎麼說比較好呢。」

「妳不用客氣，直接把事實說出來。」

「嗯……」

姊姊避開我的視線，一邊搔著後頸一邊輕聲低語：

「……我想篠宮大概已經退學了。」

「退學……？」

出乎意料的答案讓我的思考瞬間短路。

退學是怎麼一回事？

她的確穿著吉備乃學院的制服，每天都在學校的中庭……

不，等等，或許是我搞錯了。

篠宮待的，只有傷停補時（Loss time）裡的學校。

如果她真的不是吉備乃的學生——如果每天下午一點三十五分她都跟騎車前往吉備乃的我一樣混入校園的話……

事情從一開始就全錯了。

「——告訴我詳細的情形……」

「拜託。」聽到我話尾添加的請求，姊姊憐憫地點頭回答：「我知道了。」

「你……喜歡她嗎？」

「我還不知道。」

「是嗎，可是……」

姊姊低語中帶著嘆息，將手放在我的肩膀上說：

「你聽了可能會很難受——」

隔天一大早就開始下雪。

期末考第二天結束，我在圖書館稍微打發時間，等到下午一點二十分便離開學校。

腳踏車一騎向漫長的下坡，細雪便宛如銳利的刀子刮上臉頰。然而，我現在反而感謝這股痛覺，因為只要集中在皮膚的疼痛上，我就能不去思考多餘的事。

——篠宮……

我將放不下的情感踩在踏板上，氣喘吁吁地前進，目標是十分靠近吉備乃學院的白色無機象牙塔。

這間我總是拿來抄近路的綜合醫院，因為下雪路不好走，幾乎看不到步行前來的患者身影，只有幾台計程車停在入口附近，噴著朦朧白煙。醫院裡似乎依舊擠滿了人。

當我在醫院大樓旁下車的瞬間，傷停補時(Loss time)來臨。

剛吐出口的白煙也在隨風搖曳的狀態下靜止，從天而降的白雪也停止不動。

我抓了一把散落眼前的白色結晶。打開戴著手套的掌心，解除凍結狀態的雪花漸漸變成液體，化做一小攤水。

好好玩。感覺很適合拿來打發時間。

不過，她大概五分鐘內就會出來了吧。

醫院的入口雖然是自動門，但旁邊同時設有手動玻璃門。我一邊盯著入口一邊玩雪，終於，身穿制服的少女將手放在大門門把上。

「午安。」

我迅速出聲，圍著圍巾的篠宮發出尖銳的聲音呆站在原地。

她似乎嚇了一大跳，眼睛圓睜，嘴唇發顫。

「午……午安……我嚇了一跳。」

「對啊，我也很意外。」

我說出準備好的台詞，不知道自己臉上現在是什麼表情。

「沒想到會在這裡遇見妳，好巧喔。妳來醫院有什麼事嗎？」

「咦？嗯，對啊。」篠宮露出僵硬的微笑說：「你怎麼會來這裡？是來探病還是怎麼了嗎？」

「嗯……我來探妳的病。」

我以冷淡的態度回道。篠宮的身軀再次震了一下……

她的表情馬上變得若有所悟，重重嘆了一口氣說：

「……這樣的話，你已經知道全部的事了。」

「不，不是全部。」我搖頭。「老實說，我擁有的資訊只有到這間醫院而已。所以接下來我想聽妳解釋。」

我堅定地說道，接著主動與篠宮四目相對，表達我強烈的意志。

接著，篠宮突然回了我一抹放棄的微笑，慢慢地背對我說：

「我知道了，好。我想過可能會有這一天……我會好好跟你解釋的。進來吧？今天太冷了。」

我默默點頭，跟在她身後。

我們穿過大門，走向擠滿患者的大廳。明亮的燈光雖然呈現出乾淨的空間，整體氣氛卻有些灰暗。大概是因為櫃檯和坐在等候區的人們完全沒有笑容的緣故吧。

一路上的沉默令人愈發緊張。我深吸一口氣，醫院殘留在空氣中的特有氣味於胸膛間擴散開來，不是什麼舒服的味道。

「坐那裡可以嗎？」

篠宮指的是設在電梯附近的綠色沙發椅。我點頭坐下，篠宮緩緩開口說：

「……那麼，該從哪裡開始解釋呢？」

篠宮以開朗的聲音說道，看不出一絲心虛的樣子。

相反的，我彎身看向地面。我決定先確認前提。

「妳不跟我說嗎？妳會在吉備乃學院的理由。」

「我會在那裡當然是因為我是吉備乃的學生啊。」

「……真的嗎？」

聽到我用特別嚴厲的聲音回問後，篠宮「呼」地嘆了一口氣說：

「真的。我的學籍應該還在……因為一直處於休學狀態，所以就算到了四月新學年開始我還是一年級就是了。」

「也就是說，妳實際上沒有上學對吧？」

我向篠宮確認。她輕輕點頭說：

「沒錯。我平常都是等傷停補時（Loss time）以後再穿制服去學校。」

「為什麼要隱瞞？」

「我沒有要隱瞞。只是你從一開始就誤會了。」

篠宮雖然這樣反駁，卻又浮現自嘲的笑容說：

「……其實啊，我不是想騙你。我之前穿制服的時間只有兩個月，所以我只是稍微有點憧憬普通的高中生活罷了。」

「兩個月……？」

「嗯，那個時候好開心喔。」

這麼回答後，篠宮似乎想到什麼馬上笑了開來。

「我的入學成績好像是第一名。所以開學典禮時是新生致詞代表喔。我很緊張，但也很開心。」

「這樣啊。」我給予回應。很容易想像她的心情，因為那是她拚命唸書才贏得的權利。

「因為念吉備乃學院是我的夢想。」

接著她話聲一沉：

「你那麼聰明可能不懂……但我之前每天念書念到流鼻血喔。這不是比喻也不是誇飾。」

傾吐的聲音逐漸轉弱。篠宮為了考高中，走火入魔地維持成績，和那段時間的我一樣。

聽見這個事實後，我的胸口湧上一股情感，但篠宮似乎還沒說完。

「——可是啊，你不覺得很過分嗎？才兩個月就不行了，明明身體還能動，他們卻說我必須住院。」

「因為生病嗎？」

姊姊事先跟我說過，我已經做好一定程度的心理準備了。

不過，姊姊也說她不清楚詳情，篠宮生的是什麼病、必須住院多久等等。也不知道她的病能否痊癒……

「我可以問嗎？」我下定決心出聲問：「妳哪裡生病了？」

「肝臟。」

篠宮簡單地說道，接著補充：

「你知道『威爾森氏症』嗎？」

「抱歉……不知道。」

「也是。」篠宮露出無力的笑容說：「用一句話來說，就是一種『銅』累積在身體裡的病。」

「銅？妳是指金屬的銅嗎？」

「對。我們平常吃的食物裡含有微量的銅……我體內的銅運送功能出現異常，不能將銅排出體外。銅在體內累積後，肝臟、腎臟和大腦都會出現問題。」

「大腦……？」

不用再多問也知道，這是很嚴重的病吧？

但重點不是症狀。我進一步問：

「這個病不能治療嗎？」

「不，可以治療喔。只要換掉壞掉的部分就可以了。你聽過『活體肝臟移植』嗎？」

「……在新聞上看過幾次。」

「這樣就夠了。其實從字面上應該也能了解，就是患者必須直接從活人身上接受一部分的肝臟移植。」

「意思是只要有捐贈者就可以了嗎？」

「不是。」

篠宮用力搖頭否定。

「不是誰都可以當捐贈者。因為我的血型好像有點特別，所以捐贈者也十分有限。」

「那就找有血緣關係的親人之類的……？」

「對啊。所以只能做活體肝臟移植。不過日本規定只有家人才能提供活體器官……雖然我沒跟你說過，我現在和外公外婆一起住。但我媽媽本來就是養女，所以外公外婆因為配對率的關係無法捐肝。」

「妳媽媽呢？」

「在我小時候就去世了。」

「……那爸爸呢？」

「我一出生他就和媽媽離婚，現在住在別的地方。」

「那去拜託爸爸的話呢？」

「對啊，只能這樣了。」

篠宮帶著嘆息回答，不知為何表情放鬆下來，眼角閃著淚光看著我說：

「——但他拒絕了。」

「……啊？」

瞬間，我不懂篠宮說了什麼。

這不是真的。

即使分隔兩地生活也是親生父親啊，怎麼會？

明知不接受肝臟移植女兒就無法獲救，她的父親卻——

「爸爸拒絕我了。」

「怎……不，他為什麼拒絕？」

由於太過衝擊，我氣息不穩地問。

「我不清楚詳情，但聽說爸爸以前和外公因為一些原因不和，後來也成為和媽媽離婚的原因。所以他好像說不想捐。雖然有去拜託他，但他還是拒絕了。」

滾燙的淚珠沿著篠宮的臉頰滑落。

「護士之間在傳，說外公去爸爸上班的地方磕頭求他，儘管如此，他還是堅決不接受。」

「……」

我一句話都說不出口。天底下會有這種事嗎？這不是代表——

篠宮的親生父親對她見死不救——

「聽到爸爸拒絕捐贈的消息時，我並不覺得難過。」

篠宮邊擦眼淚邊繼續說：

「因為啊，我從小就一直在想爸爸是怎樣的人，等我長大，會不會有一天遇見他？我們或許能變回家人……都是些配合自己的妄想。」

篠宮的聲音迴蕩在時間停止的醫院大廳裡。

她的話尾常常顫抖，感覺得出來是費盡千辛萬苦才從喉嚨裡擠出來的聲音。

「……可是，那些都不重要。」

篠宮的眼睛染上絕望，痛哭出聲：

「對爸爸而言，我已經是外人了！我發現他覺得我死了也無所謂……然後眼前變得一片模糊，外公的聲音也漸漸聽不清楚——我想我當時大概是張著眼睛昏過去了。」

我啞口無言，篠宮站起身。

她往前走了一步回頭，用溼潤的眼眸低頭看著我繼續說：

「當時，是下午一點三十五分。」

「……咦？」

「所以我就是原因。」

「妳說原因……」

我不懂，這是怎麼回事？

雖然直覺上覺得不合理，但時間一致的話，很難認為兩者間沒有任何關係。

這麼說的話，篠宮就是傷停補時（Loss time）的原因嗎？

難道篠宮自己就是黑洞——甚至是奇異點嗎？但是像她這樣平凡的女生，怎麼可能有辦法影響全世界……

「那段空白的時間每天都會降臨在我身上。」

篠宮的獨白沒有停下。

「我不知道其中的原理。雖然好像只能說是神的心血來潮，但每當那個時刻來臨，我都會想起自己被爸爸拋棄，即將死亡的命運。」

「……還……還有多久？」

我再也無法保持沉默。

儘管雙腳和聲音都在發抖，我還是提起力氣問：

「狀況已經那麼糟了嗎？」

「嗯。」篠宮認真地回答：「從醫生建議移植時，就幾乎沒有時間可以拖延了。」

「——」

我說不出話。

傷停補時(Loss time)開始已經是一個月前的事，對篠宮來說則是兩個月前。這麼一來，她的身體恐怕已經走到盡頭。

儘管如此，她卻隻字不提地和我一起度過這段時間嗎？用那麼耀眼的笑容歌頌每一天？

「為什麼！」

我下意識地大吼，卻說不出下一句話。

為什麼妳願意和我共度所剩不多的時間？問這種問題也沒意義。只是因為傷停補時(Loss time)裡只有兩個人能動，沒有其他人能選擇罷了。

我什麼都沒有發現，沒有資格大聲說話。

篠宮很重視她的素描簿。她說她不是在畫畫，而是將那些東西刻在記憶裡。對她的舉動我說了什麼？

『不會覺得這樣浪費時間有點遺憾嗎？』

我問了多愚蠢的問題啊……

她的時間和我的時間價值根本不一樣。從相遇的瞬間開始就不一樣了。

她用全力在度過剩餘的人生，而我卻一個人傻傻地興奮著。

為什麼她總是穿制服？因為她一直住院，幾乎沒帶什麼便服到病房。而我卻以為她在配合不注重打扮的男校生而沾沾自喜……多麼像個小丑啊。

「別這樣。你為什麼要露出這種表情？」

篠宮伸手貼著我的臉頰，就像我遇見她那時一樣。

「我非常感謝你喔！如果沒有你，那段空白的時間對我來說只有痛苦。」

「我什麼也沒做。」

「不，沒這回事。」

篠宮說著，眼淚濡濕的臉龐緩緩靠近。

她將自己的額頭貼在我的額頭上說：

「你讓我覺得自己活著。我好開心……吃了好吃的食物、和合得來的朋友互相說笑、像白痴一樣打打鬧鬧。每天都過得太快樂，一瞬間就過去了……原本覺得有如拷問的一個小時，因為你而徹底改變了。」

篠宮的聲音以振動的形式傳了過來。不知道是不是因為我們的大腦僅隔著薄薄的頭蓋骨近距離接觸的緣故，我簡直像有讀心術一樣聽見了她的心聲。

然而貼在我臉上的手心卻十分冰冷，簡直像屍體般感受不到溫度。

「謝謝……但是就到此為止吧。」

最後，篠宮單方面地宣告，迅速離開我身旁。

「妳說……什麼？」

我從乾啞的喉嚨裡出聲問，她又退了一步說：

「我從一開始就決定好，只要你來醫院找我，就要結束這段關係。」

「妳為什麼……要說這種話？」

淚水模糊了視線，篠宮的臉變得扭曲。儘管如此，我仍費盡力氣喊道：

「不要說什麼結束這種令人難過的話，我每天都會做便當來看妳。」

「不可以，我不能再麻煩你了。」

「什麼啊？從剛剛開始就一直都是妳在說。」

我的口氣不禁變得粗暴。

「我不是說沒關係嗎！一點都不麻煩！」

「你的意思是你要陪我到死掉嗎？」

「妳希望的話我就這樣做！」

「那我不希望。」

篠宮轉身背對我說：

「這樣可能會對你造成心理創傷……你和我不一樣，今後還會活下去。」

「又沒關係。」

「有關係。光是把你捲入傷停補時(Loss time)裡我就很有罪惡感了……再讓你這麼做的話，我可能會帶著對你的歉疚死去。」

「捲入……傷停補時(Loss time)？」

我不懂。篠宮指的是什麼，我毫無頭緒。

篠宮繼續跟我拉開距離說：

「對不起。我想我一定是想請你幫忙。」

「幫忙……？」

「但那樣太自私了。無視你的心情，單方面把你捲進來。所以現在必須放你走才行。」

「妳從剛剛開始就在說什麼……」

我完全不懂這些話的關聯。

傷停補時(Loss time)真的是篠宮引起的現象嗎？就算是好了，她說我能在傷停補時(Loss time)裡自由行動是因為她想請我幫忙。

但是要幫什麼？我有能夠幫她的地方嗎？

我們在時間停止以前從沒見過面，就算從模擬考榜單知道我的名字，應該也沒有太大的興趣。

然而，她為什麼會選我呢？

「——真的很抱歉，我們就此道別吧。」

在我思考時，篠宮打算結束對話。

「等等，我還有事要問妳。」

儘管我想追問……

「再見，你不可以再來這裡了。」

「等——」

在我伸出手的剎那——

眼前的景色瞬間變成一片雪白。

頭上降下來的雪和醫院的白色外牆覆蓋住我的視線。彷彿要切開身體的強烈冷風從身後颳來。

傷停補時(Loss time)無情地結束，時鐘的指針啟動。

「我不是說了等一下嗎……」

我咬緊牙關喃喃低語。

現在或許能去病房再追問篠宮一次，但就算可以，看她的樣子也只會拒絕我吧。

重點是，我的心耗損得太嚴重了。

什麼篠宮就快死了，根本像個惡劣的玩笑。我連想都不敢想，事情要是真的發生了我會怎麼樣。

——對了，我已經知道了。

原來我早已喜歡上她，深深戀著她。

所以胸口才會這麼痛，不希望再也見不到她。全身的神經緊繃不放，疼痛貫穿全身，就像要從體內炸開一樣。

雪越下越大，不管肩膀和頭頂降下多少雪，我也無法離開醫院，只是一直立在原地。

偶爾，我會抬起臉凝視上方。

遠遠望著篠宮應該在的那棟醫院大樓。

第四話　聽見時間的跳動

威爾森氏症。

關於這個病的實際內容，很輕易便能藉由電腦從網路上查到。

先天銅代謝失調症……簡單來說，這是一種「銅」堆積在體內的病。

我們日常生活攝取的食物，大部分都含有某些金屬成分。例如「鐵」會和紅血球中的血紅素結合，輸送氧氣，擔任活化細胞的重要角色。人體缺鐵的話會引發貧血或是降低運動機能與免疫力。

而「銅」具有連結「鐵」與血紅素的功用，也能促進腸道吸收鐵分，被認為是人體不可或缺的營養素。

不過，威爾森氏症患者由於基因異常，導致銅不能順利在體內輸送，無法排出體外而過度堆積，進而影響細胞、器官甚至引起精神障礙。

威爾森氏症代表性的症狀之一，就是角膜變色。

「……這是……」

當我看到圖片搜尋顯示的照片後，雙手不由得蓋住臉頰。

篠宮的眼睛——那雙閃爍琥珀色澤的眼瞳，原來是因為生病的關係。堆積在體內的銅沉澱於角膜上，形成土黃色的色素環。

後悔湧上心頭。篠宮的身體一直在發出求救訊號，卻因為我太過無知才沒有發現。

「可惡，治療方法……」

我一邊低喃一邊移動滑鼠。

時間接近下午六點。沒開燈的房間漸漸暗了下來，但只要有螢幕光線就沒關係。

我一搜尋治療方法，首先出現的就是飲食控制。

仔細想想這是很單純的一件事，如果問題是銅堆積，只要不要攝取就好了。

但是當我將視窗捲軸向下拉，看見含銅量過多的食物清單時——

眼眶有如燃燒般地發燙，實在太過難受，淚水忍不住滴落在鍵盤上。

蝦子、牡蠣、章魚、芝麻、海苔、蛋黃、菇類……

動物園約會時，我做的便當完全不行。

所以篠宮那時候才會以非常痛苦的表情拒絕我。

但她馬上就注意到了吧。不管在傷停補時裡吃什麼，只要時間啟動一切就會恢復原樣。

即使患有威爾森氏症，但身體狀況並不是一攝取銅就會瞬間惡化。用餐後一小時內不會有任何問題。也就是說，在傷停補時裡，她可以吃任何喜愛的食物。所以篠宮才會那麼喜歡我做的菜。

知道一切真相後再來回想，實在令人難過得無法自拔。

篠宮來我們家時開心地吃得滿嘴的巧克力蛋糕，也是她原本不能吃的食物。

實在太過分了。淚水再也停不下來。

篠宮的病是先天性的，一定從小就一直控制飲食吧。一直以來，當周圍的人不以為意地吃著章魚燒和炸蝦時，她只能側眼旁觀，獨自和病魔奮戰吧。

然而——

「……可惡！」

好不甘心。

早知道的話，我應該還有更多可以做的事。應該可以為了她做更多好吃的菜，讓她更幸福的……

一切都太遲了。我花了太長的時間逃避，過去膽怯的自己實在太丟臉，已失去的事物太龐大，讓人不知如何是好。

我現在能做什麼呢？

已經完全無能為力了嗎？

「……可是篠宮說她想請我幫忙。」

沒錯，這是唯一的線索。

她說過想請我幫忙某件事吧？她希望我做什麼呢？

我只是一介平凡的高中生，無法幫她治病。篠宮處於病症末期，能夠幫助她的方法看來果然只有活體肝臟移植。

而有這個資格的人，唯有她的父親。但她說父親拒絕捐贈。

這麼一來，或許——篠宮是希望我說服她父親嗎？

她是想拜託我交涉嗎？雖然只能這麼想……

但我不懂為什麼是我？

而且對親生女兒見死不救的父親，會因為一個高中生說了什麼而改變想法嗎？

無論我怎麼想都得不到解答。

「……差不多該做晚飯了。」

我揉揉眉心站起身，關掉電腦電源。

繼續在黑漆漆的房間裡煩惱似乎也不會有答案。我離開房間下樓來到客廳，準備做菜順便轉換一下心情。

不知不覺，已經晚上八點了。

回到家的姊姊全身攤平在電視機前的沙發上，身上似乎還穿著套裝，襯衫大開到胸口，樣子十分邋遢。

「姊，可以問個問題嗎？」

「……嗯？什麼？」

她以空洞的眼神看著綜藝節目，而我則期待能在姊姊身上得到什麼靈感問道：

「如果啊，我哪個器官出了問題，拜託妳移植自己的器官，妳會怎麼做？」

「什麼啊？」姊姊一臉奇怪地撐起身體說：「這是心理測驗嗎？現在學校流行這個嗎？」

「不……這個嘛。」我思考著藉口：「學校作業要寫作文，生活倫理課要用的……我在思考從捐贈者的角度來看，會多抗拒這件事。」

「是喔。嗯……」

老姊盤腿坐在沙發上，稍加思索後說：

「可以啊，就捐給你。雖然我可能會因為這樣一輩子身體狀況不太好，但就這樣吧。」

「……這樣啊。」

老實說我很意外。

從姊姊的語氣聽起來，這不像開玩笑或是偽善。

「我可以問妳原因嗎？為什麼妳會願意捐器官給我？」

「沒有原因啊，家人之間是理所當然的吧？」

「唉，這樣我不懂啦。這種理由不能寫報告，妳要說更具體一點的。」

家人之間理所當然——正因為不是這樣，篠宮才會哭泣。

「嗯……那個啊……」

老姊一臉嫌麻煩的樣子回答：

「我這個人啊，雖然自己說有點那個，但是一個很虛榮的人喔。如果外面傳出什麼我很自私對弟弟見死不救的謠言，會很困擾的，如果要背負那種汙名活下去的話，要貢獻一個還是兩個器官我都願意。」

「也就是說……這不是出於血緣親情對吧？」

「當然囉。」

姊姊肯定地繼續說：

「很抱歉，我把自己放在第一位。如果沒有人會怪我的話，我可以輕鬆地拋棄你喔……但現實一定不會這樣。因為如果你死掉的話，爸爸媽媽一輩子都不會原諒我。」

「會嗎？」

至今為止，我不太感受得到父母對我的愛。感覺就算我死了，他們好像也不會失去理智……

「白痴，當然啦。」

老姊自信滿滿地說，然後莫名地竊笑：

「而且啊，這樣就是對你有恩了吧？如果能讓你為我鞠躬盡瘁，還挺划算的吧。一輩子幫我做菜、洗衣、打掃喔，不然我才不要。」

「好好好……謝謝妳讓我當參考。」

真是徹頭徹尾誠實的姊姊。但一想到這一定是她的真心話，內心就暖呼呼的。

還有，我非常幸福，雖然沒有實際的感受，但我大概受到家人所愛。我因為明白這件事而感到高興，另一方面，肩膀也無力地垂下，嘆了一口氣。

「如果世界上的人都像妳一樣好懂就好了。」

「很多人這樣跟我說。」

老姊「哼哼」地笑著說：

「所謂好懂，是因為我刻意這麼做。因為我是虛榮心的集合體，希望所有人都覺得我這個人永遠都是一副不痛不癢的樣子，不努力就會有成果。所以當學生的時候從不讓人看到我唸書的樣子，背地裡卻拚死拚活地用功。」

「真的嗎……？」

騙人的吧？不可能。但是——

「想笑的話就笑吧。但我有絕對不會退讓的堅持。」

姊姊突然表情一斂，眼中寄宿著不可動搖的信念看向我說：

「直到現在我還是在硬撐，我就是這樣在保護自己的形象。所以對我而言最痛苦的，是奪走我一路以來所累積的事物。只是這樣而已。」

姊姊口氣強硬地說完後，提高了電視音量，像是在說話題到此結束。

我茫然了一會兒……看著姊姊散發疲勞的背影，了解了某件事。

老姊大概從很久以前就想對我傳達這件事。

我果然什麼都不知道。一直以來以為姊姊跟我活在不同的平面上。認為我們之間是才能不同、種類不同。

但我似乎搞錯了。我們之間的差別只是重視的事物不一樣罷了。姊姊將自己的自尊擺在第一位，為了自尊，甚至願意把器官給我——

我再次確認了一件事。

老姊真的很了不起。

「……我學到一課了。現在馬上做飯。」

我向姊姊說完後朝廚房移動。

我才剛轉身，身後便傳來這句：

「——孝司，我不知道你在煩惱什麼，但你要記住，助人不需要理由。光想是沒用的。」

「不需要……理由？」我轉頭反問。

「因為『希望有某個人需要自己』是人類的本能。助人是一種本能喔。」

「如果是我弟應該能懂吧？」姊姊帶著微笑低語，陷進沙發。

助人是一種本能——這句話在胸口散發光芒，給我向前踏出一步的力量。

每當我想起篠宮，對時間就會產生這種想法：

人類不是平等的，時間也絕非平等。

愛因斯坦在廣義相對論中說：「位於強重力場裡的觀測者，時鐘的前進速度會比位於重力場弱的觀測者慢。」意即時間不具普遍性，會隨觀測者的狀態而更動，一點也不可靠。

此外，時間在實質概念上的意義也很模糊。例如地球一年遠離月亮三公分，也就是說地球過去的自轉速度比現在快，一天的長度應該也比較短。

海德格說：「存在是有時間性的。」我想問題就在這裡。誤把日常生活裡用的時鐘——被化為實質概念的時間和因主觀而變化的時間性當成同一種東西，只要困在這道詛咒中就絕對抵達不了真相。

沒錯——有越多觀測者就存在越多時間。

不論篠宮是不是創造出傷停補時的奇異點，但在她的主觀裡這就是事實。

首先，我認為傷停補時是存在於「事件平面」裡的特殊空間，簡單來說，就是分隔黑洞和平常空間的界線。超越那條界線後，就算是光也無法從黑洞中逃離。

光無法逃離的意思就是不會形成視覺。由於無法直接觀測，所以不知道黑洞長什麼樣子，只能從相關現象去想像其輪廓。所以就算說篠宮內心被劃開的破洞本身就是黑洞我也不覺得奇怪。畢竟這都是主觀世界裡的看法。

就算不要說黑洞好了，那大概也是扭曲因果律的特殊重力場吧。方便起見，將它稱為「奇異點」的話，就是篠宮的奇異點會延緩時間，產生出傷停補時。

而這個現象如果具有特定發生原因的話，我便發現到一個事實。

目前為止，我們都把焦點放在「凍結」和「復原」這些醒目的現象上，但最應該思考的其實應該是「時限」。時間停止現象有時間限制，這件事本身就很矛盾。

雖然這樣很像在假設中建立假設，但事實上在傷停補時裡時間會不會也是慢慢延緩的呢？然後在一個小時後全部遭奇異點吞噬，世界崩毀，所以才有時限。

試想一下。

世界在每天下午一點三十五分毀滅。

但也因此啟動了某種防護功能——或是應該稱為備份功能——和存在平行世界裡的同一段時間相連。若要問是誰做了這些調整，答案也只有神了。

以上就是我的想法，傷停補時(Loss time)的真相。

不用說，這些只是單純的妄想，無稽之談。雖然是毫無可取之處的傻話，但有一件事是肯定的。

因為某種因素，我被捲入這個發生在篠宮主觀裡的奇蹟。

她說是因為想請我幫忙。

也就是說，我身上存在著能幫助篠宮的可能性。

祕密在我身上。所以我反覆和自己對話：我到底是誰？「我」這個存在位於哪裡——

我在思緒的大海中漂流，好不容易來到原本的岸邊時，自然而然便理解了。

一切的答案都在傷停補時(Loss time)中。

「好，出發。」

下午一點三十五分，世界一如往常凍結。

我從位子上起身，環顧教室，從高町老師到全班同學都停下動作。

期末考結束，一般上課日只剩下幾天，下週就要舉行結業典禮，之後再也不會來這間教室了吧。

但是在這之前，我必須做一件事。

我帶著使命感從位子上站起來，扳開凍結的教室大門，步出走廊。

從窗戶望去，灰濛濛的天空下，今天依舊飄著雪。校園裡每個角落都像裝飾了白色的棉絮。

在令人全身發抖的嚴寒中，我前往走廊盡頭。

當看到樓梯轉角後，我停下腳步不動。

我已經沒有去吉備乃學院的必要了。那天之後，篠宮再也沒出現。所以我的目的不是外出。

我下定決心，迅速轉身。

一回頭，我迅速狂奔，無聲的世界裡響起腳步聲。我回到教室外，鑽進半開的門裡大喊出聲：

「我忘記帶東西了！」

我說話的對象，是在教室窗邊俯瞰操場，身穿西裝的男性。

接著，在停滯的時間中，「第三個人」慢條斯理地轉過身說：

「……你發現了啊？」

班導高町老師表情僵硬地低語：

「相葉，你什麼時候發現的？」

「沒有什麼時候，直到現在我才確定。我很意外老師就是篠宮的爸爸。」

我邊說邊再次坐回自己的座位。

接著，老師也站在講桌正面，像平常上課一樣。

「你騙人，你從一開始就覺得我很可疑了吧？為什麼？」

「不是什麼了不起的理由。老師還記得我在時間停止中第一次外出時和你說話的事嗎？」

「嗯，我記得。」高町老師冷笑道：「真是的，誰是『課本朗讀機』啊？我超火大的。」

「關於這點我很抱歉。不過當時我是朝著老師的背影說話的。因為老師當時正拿著粉筆在黑板上寫字。」

「……是嗎？」

「但是我騎腳踏車到校門口後，有回頭看一眼教室。當時老師看起來面對著學生。我還以為是自己看錯了。」

「這樣啊。我也沒想到你會在那裡回頭。」

老師嘆了一口氣，像是在說「我疏忽了」一樣。

「話說回來，是誰告訴你我和那孩子是父女的？」

「沒有人告訴我。」我搖頭。「時間停止現象是篠宮引起的。既然她是原因，那身為父親的你不可能動不了。」

「為什麼你這麼肯定？」

「她在求助喔，對老師和我。所以我們才能動。」

「……？我不太明白。」

老師側頭表示疑惑，拉開講台的椅子坐下說：

「退一百步好了，我大概知道自己為什麼能動。從我拒絕器官移植要求的那天

起，這個現象就開始了，我不認為兩者間沒有關係。反而是你比較奇怪，為什麼你能動？你以前見過那孩子嗎？」

「不，完全沒見過。」

我一回答，話聲裡自然而然挾帶著自嘲的語氣：

「我和她只是國中時去同一家補習班。她大概是在那裡知道我的名字，聽誰說我是須旺的學生吧。她會選我的理由只是這樣。只要是這所學校的學生，誰都可以。」

一定是這樣。我和她之間的聯繫從一開始就只是這樣。

她知道自己的父親是須旺學園的老師，所以認為如果是須旺的相關人士，或許可以說服父親。

篠宮從一開始就在尋求我的協助。她一定是希望我以同齡朋友的身分站在她和父親中間。雖然不知道她是刻意還是單純只是下意識這麼做的——

「我就開門見山地說了。」

我堅定地提出聲明：

「高町老師，請和她談談。和妳的女兒，篠宮時音談談。」

「我拒絕。」

高町老師立即拒絕。

「見面談話也一樣，我的結論不會變，很遺憾。」

「為什麼？」我進一步追問。「老師不出手救她的話，她會死喔。」

「我知道。但我現在無法為了時音賭上自己的性命。」

「為什麼？」

「因為我有家人啊。」

老師的表情變得稍微柔軟，似乎是想到了什麼。

接著，他以清澈的眼睛看向我說：

「我也跟你說過吧？我再婚了，還有個三歲的女兒。所以無法做活體肝臟移植。」

「你的意思是篠宮怎樣都無所謂嗎？」

「不可能無所謂。但你不知道那個手術的危險性吧？」

老師挺起背脊，手指在胸前襯衫沿線畫道：

「長十五公分，寬二十公分，你有看過那麼大的手術疤痕嗎？捐贈者要取出六

○%的肝臟。手術時間很長，還有可能引起各種致命的併發症，甚至有死亡的案例。」

「……我知道。」

高町老師的認知是對的，跟我查的資料一樣。

世上本來就沒有絕對安全的手術。器官移植對患者和捐贈者來說都是賭命的大事。

沒人能保證結果，也沒有理由可以樂觀評估，所以為了守護的事物必須無情。

我完全理解老師的立場。

但就算這樣我也無法放棄。

「老師……拜託！」

我沒有任何退路，在課桌上低頭說：

「請務必和令嬡見一面，兩個人談一談，至少親口告訴她你無法幫她。」

「我說了不可能。」老師垂眼說：「這樣做也不會有人幸福。就讓那個孩子恨我吧，講那些藉口又能怎樣？」

「她的認知會改變。她以為爸爸對她見死不救——」

「事實不會改變吧！」

老師突然拍向講桌大喊。

一聲巨響，我嚇了一跳，身體發抖。

「這是家務事，外人請不要多嘴。」

「……但我聽說她外公來問老師的時候，你把他趕走了。」

「沒錯。那個老頭還是一樣惹人厭。他知道在大家面前低頭我就會變成壞人，才故意那樣做。託他的福，現在辦公室的人還是對我很冷淡喔。」

老師的口氣宛如要將憎惡吐出來般，傳達出他的敵意。

篠宮說她剛出生父母便離婚了。從剛才的口吻來看，她父親和外公外婆不合可能就是原因。這才是旁人無法介入的問題，但是……

「就算這樣還是拜託你。篠宮已經……」

「這是我了解一切後做的結論。不管你再怎麼拜託我都不會捐贈。我已經決定，為了保護現在的家人，變成鬼還是惡魔都無所謂。」

老師低聲說出口的這些話，大概也包含了自虐的成分。

擅自決定自己應該保護的東西，將其當成免死金牌正當化自己的行為。骯髒大人的手段。就是這種事將篠宮逼向死路……我心底燃起一股怒火。

誰會接受啊？我不肯罷休。

「我沒有要老師捐贈，只是請你和篠宮談談。」

「沒有意義。」老師淡淡一笑。「我的信念不會改變，家人也都能體諒我。」

「你騙人。你擔心和篠宮談過以後會無法拒絕吧？你是害怕這樣嗎？」

「不是。談話也無益，只會讓彼此變得情緒化，以吵架收場。」

「絕對不會這樣。」

我口氣強硬地否定。

「老師剛剛站在窗邊對吧？你為什麼要站在窗邊？」

「沒有什麼特別的理由。」

「你騙人。你在看校門口的方向吧？你害怕篠宮會過來吧？」

「不是。」

「不，我沒說錯。」

我雙手撐在桌上起身，滔滔不絕地繼續說：

「老師，你還不明白嗎？時間停止這種現象很不正常。老師很清楚引起這個現象的是自己的女兒，導火線是自己說的話吧？既然如此，你不可能沒想過。每天下午一點三十五分後的一個小時裡，老師都只是茫然地度過嗎？不可能吧！」

篠宮說過，在宛如拷問般的一個小時裡，她一直在想父親的事。

高町老師一定也是如此。

「老師不知道嗎！海德格也說過：『時間是為了理解一切存在的水平線。』我認為上天是為了讓老師和篠宮檢視自己，各自找出答案，才會賜予你們這段時間。為了讓你們在這個只有彼此、沒有雜音的世界裡，尋找出只屬於你們的答案！」

「……」

老師沒有回應。

「請和她見面，這樣就好了。」

現在已經不需要什麼戰略了，我只是溼著眼眶哀求道。

傷停補時(Loss time)是為了將他們與世俗隔離的時間。高町老師的周圍充斥著對篠宮外公外婆的反感、現在家人的感情和面子等各式各樣的問題吧？只要老師困在其中，篠宮就逃脫不了死亡的命運。

然而從所有束縛中解放，在什麼都沒有的狀態下談話的話，結論應該會有所改變。因為老師內心一定有想救女兒的想法。

沒錯。我閉上眼，眼前浮現篠宮嬌小的背影。

第一次見到篠宮那天——我看到她為了拯救陌生小孩而拚命的高貴模樣。

高町老師體內流著和篠宮相同的血液，所以不可能見死不救。只要眼前有性命垂危的小孩，身體一定會行動，絕對是這樣。

「似乎已經沒有時間了。」

我面向老師，直直低下頭說：

「一次就好，請和篠宮談談，拜託！」

「……混帳，事到如今你要我和她說什麼？」

高町老師帶著嘆息破口大罵……但這也是最後了，他再也沒有回我任何話，只是一臉疲憊，無言地望著窗外遼闊的天空。

我也不再說什麼，沉默地看向窗外。

天空飄落無數細雪，有種彷彿在嘲笑人類常識般的虛幻感，令人光是看著就會勾起心中的不安，毛骨悚然。

然而，其中也帶著希望。

掛在陰沉沉天空上的太陽圍著一輪光圈，和篠宮的眼睛閃耀著相同的色彩。

第三學期的最後一天終於來臨。

結業典禮在中午前結束，恢復自由之身後，我騎上腳踏車衝出學校。

我完全不曉得高町老師和篠宮後來怎麼樣了。不過，聽說老師申請了留職停薪，也沒有出席結業典禮。

雖然不知道老師什麼時候復職，但大家繪聲繪影地謠傳他似乎是生了什麼病要開刀。

所以我想事情大概進展得很順利吧。老師見了篠宮，答應移植器官。從最近傷停補時的時間漸漸縮短也可窺知一二。

這股因篠宮的壓力而引起的現象，似乎隨著原因消除，也將結束任務。

按照目前的步調，傷停補時大概再一個星期左右就會消失，而我則會回到原來無聊的日常生活了吧。

這麼一來，每天思考時間意義的日子也將終結。

不過我在想，可以根據觀測者輕易扭曲的物理現象會不會其實只是一種共識罷了？

或許，這個宇宙最初除了「情報」以外，不存在任何事物。

在一無所有的空間裡，恐怕只是我們的大腦擅自用飄浮其中的情報建構出了世界。所以，有多少主觀，就存在多少世界，這些世界彼此平行，絕對不會交錯。

那麼這個由主觀製造的現實為什麼不能隨心所欲地更換呢？大概是因為人類這種生物無法忍受孤獨吧。

我們為了了解彼此而對話，一點一滴建構彼此的共識，只要發現自己獲得理解便能得到平靜。

相互理解的需求是種本能。我們為此學習，自呱呱落地的那一刻起，將對世界的共識刻在記憶中。我們藉此確立自己的存在，成為世界的一分子。

不過代價是遺忘。忘了世界是依據我們的主觀所塑造，其實沒有什麼事情是不可能的……

但這樣就好。

我們是為了牽住某個人的手——為了愛上某個人而放棄了解開宇宙真理的權

利。這麼想就比較可以看得開了吧？

此時此刻，我的心裡也想著篠宮。

再一次也好，我想在停止的世界裡見她。想和她單獨共度充滿笑容的午餐時光。

這或許只是我的留戀，卻無法甩開。

我還是帶了便當，一過下午一點半，便在吉備乃學院的校門旁往裡面偷看。

我怎麼看都像個可疑人物，當我心想不知道什麼時候警衛會過來問話時——

「——哇！」

身後出其不意的一聲大叫，讓我像小鹿一樣跳了起來。

我的膝蓋不禁跪倒在柏油路上，四肢著地。我接著拍拍瞬間暫停的心臟，恢復心跳。真是好險。

「啊，對不起。你沒事吧？我沒想到你會嚇成這樣……」

一名穿著制服的女學生擔心地盯著我。

看來不是幻影也不是鬼魂，女學生毋庸置疑地是篠宮。

「抱歉，嚇到你了嗎？」

「……嗯。說真的，嚇了一大跳，還以為要死了。」

「哈哈哈，對不起。但不可以比我先死啦。」

她伸出手。我抓住她的手起身。

到底是為什麼……想問的問題堆積如山，我卻因為太過混亂而說不出話。

在暈眩襲擊下，好不容易擠出的只有這句：「妳怎麼會在這裡？」

「這個嘛……」

篠宮臉上浮現惡作劇的笑容回答：

「其實我要轉院了，想在最後看看學校，所以才過來……沒想到你會在這裡。」

「這樣啊。」

我簡短地回答。篠宮意外地看起來很有精神。

雖然臉色依舊蒼白，但表情卻像卸下什麼心頭重擔般明亮清爽。

我下定決心問：「妳說轉院，難道是要開刀？」

「嗯，沒錯。」

篠宮笑呵呵地說：

「沒多久前……傷停補時（Loss time）的時候，爸爸來病房看我了。」

「咦，真的嗎？」

「嗯……雖然當時只有講一些無關緊要的話，但總之我說我肚子餓之後，爸爸就說他會幫我買喜歡的食物過來，說傷停補時(Loss time)的時候可以吃。」

「意思是……之後他也有再過去？」

「嗯。他來了好幾次……然後就像之前常和你做的一樣，我們一起吃飯、聊天、互相開玩笑……呵呵呵，我說要幫他畫素描的時候，他的反應跟你完全一樣。超好笑的。」

「這……這樣啊。」

雖然心臟痛苦地發出喀啦喀啦的聲響，但我還是忍不住問：

「那……結果呢？」

「呵呵。」

篠宮用一隻手做出圓圈的形狀說：

「爸爸現在大概覺得新的家人最重要，但他最後還是對我說，讓他盡盡一名父親的責任。」

篠宮露出耀眼的笑容，幸福地說道。

「……這樣啊，太好了。」安心感和話語一起從口中逸出，我全身放鬆下來。

「謝謝你。」

篠宮將話語混在白色的吐息中低聲道。

「咦？謝什麼？」

「全部。謝謝你讓我的傷停補時(Loss time)有了意義，謝謝你陪我一起度過這段時間，還有讓爸爸來看我。全部都要感謝你。」

篠宮說著，伸出右手。

「謝謝。還有，對於很多事，我很抱歉。」

在回應她的握手前，我搖搖頭說：「不用道歉啦。」

「不，我的確為你添了很多麻煩。至少在我不在以前，一定要跟你說。」

「什麼不在……拜託妳……」

……別說這種話。我不自覺低下頭。

篠宮走向我，用極為冰冷的雙手拉住我的手說：

「聽我說，雖然手術的成功率好像很高……但據說十個人中有一個人會失敗。所以，如果我就這樣不在了，我希望你徹底忘了我。」

「辦得到嗎？」她問。

「怎麼可能辦得到？」

光是想像這件事，鼻子深處就開始刺痛。這種約定我死都不想答應。

於是篠宮拉起我的手——

「拜託，就讓我成為過去吧。」

耳畔響起哭泣聲。就像她曾經對北極熊做的，篠宮以雙臂抱緊我說道。

「不要。」我囁語。「妳都可以停止時間了，不要說喪氣話。」

「……是啊，或許吧。」

「沒問題的。」

說完，我也抱緊她。

篠宮的溫度透過大衣傳來。儘管那只是彷彿日光灑落樹葉間的微溫，卻無比令人疼惜。

我在腦海裡確實刻下她的香氣、身體的觸感和心臟的鼓動。

當我祈禱著想再感受更多、更深、更強烈一點，加深力道的瞬間——

懷裡的篠宮就像融化在空氣中般地消失了。

「怎麼會……為什麼？」

疑問脫口而出後我便立刻發現：現在的傷停補時(Loss time)只能維持幾分鐘，在這段短暫的時間裡，篠宮是來告別的。

如果是這樣的話，她應該還在附近。

「篠宮……！」

我跳起來飛奔而出，尋找她的身影。

哪裡？在哪裡？

腦海裡滿滿的都是她。那頭黑色長髮、纖細的身軀、和我相同的身高、柔軟的洗髮精香氣、還有微帶憂鬱的側臉——

我拚命在街頭穿梭，跑過小巷、偷覷商店和車子的內部。儘管如此，卻到處都找不到篠宮。

跑累了，就在凌亂的呼吸下聲聲呼喚她的名字。儘管我每次呼喊時路人都以驚訝的表情停下腳步也無所謂。

如果沒有妳，我的初戀不會成立，沒有開始也沒有結束。所以我不准妳單方面告別，一個人離開。

如果妳真的不在了，我大概會做相同的事吧。這次由我來停止時間。

篠宮——

當我再次呼喊她的名字時，再也止不住奪眶的淚水。

硬來的話，或許可以到篠宮轉院的地方見她。但她一定不希望這樣吧？因為她是前往嚴苛的戰場和病魔決戰。

我稍微冷靜下來，拍打自己的臉頰。我咬住雙唇，握緊拳頭，使出全身的力氣壓抑衝動。

我必須忍耐。不論多痛苦，我都必須一個人在這裡等待，因為，她還在奮戰……既然如此，那就祈禱吧。一邊夢想著有一天篠宮能回到這裡，再次和她共度美妙的午餐時光，一邊持續為了她幸福的未來禱告。

但要是……要是她的生命面臨威脅，到時候我不會客氣。我會拋棄一切，就算倒轉時間也要去幫她。

心中燃起寂靜的火焰。我依靠這股火焰向前邁出步伐。

颳起寒風的街角裡，散落著冷漠的人群。然而路旁的樹叢中，準備綻放的花苞正殷殷企盼開花的時刻。

這個世界沒有跟我做出任何約定，但唯有一件事是肯定的。

春天，就要到了。

終章

時光事不關己地匆匆流逝。

春假結束，新學期開始了，篠宮依然沒有和我聯絡。

高町老師也沒有回學校，我的日常生活和那個不可思議的現象開始之前一樣，每天平安無事地度過。

時光宛如要取回傷停補時(Loss time)浪費的時間般毫不停留，只是不斷向前流逝，讓人覺得就算這樣過了兩年、三年也不奇怪。

櫻花凋零，綠葉繁盛，即使蟬鳴開始聲聲作響，世上所有的一切也沒有絲毫變化。

在漫不經心度日中，姊姊有次這樣問我：

「那個和你交往的女生怎麼樣了？」

「不在了。」

「這樣啊……」

那天，姊姊不知為何買了蛋糕回來。

她或許是想用自己的方法安慰我，但因為那是巧克力蛋糕，我忍不住落下眼淚。

老姊陪我一起哭，雖然她提議要暫時代替我做飯，但她的好意我只是心領而已，因為我不想吃壞肚子。

炎熱不休的暑假就這樣結束，新學期開始之際——

當我正準備放學回家時，一輛黑色汽車突然停在眼前，駕駛座的窗戶緩緩打開。

「——可以給我一點時間嗎？」

從窗戶探頭說出這句話的，是高町老師。

老師帶我前往的地方，是吉備乃學院附近的綜合醫院。

在醫院入口圓環催促我趕快下車的高町老師只說了句：「八〇四號房。」便離開了。

我搞不清楚狀況。但這裡是篠宮以前住的醫院，那麼八〇四號房裡該不會……

一想到這裡，我的胸口便湧上一股熱意，再也無法停在原地。

我快步穿過醫院大廳，連拍電梯按鈕。

進入電梯後也不耐煩地瞪著樓層號誌，電梯門一開馬上奔出去。

雖然途中好像有護士吩咐：「請不要奔跑。」但我已止不住雙腳。

八〇四號房——

一找到這個房號，我便上氣不接下氣地衝進房內。

「……篠宮！」

我不自覺地大喊。

這是間單人病房。房內有洗臉檯和浴室，甚至還有擺設花瓶的裝飾櫃，營造出高級的感覺。

房間中央……巨大的床上有個肩披白色睡衣的女性。

她終於注意到我，回過頭。

「好久不見了。」

篠宮一點也不驚訝地說道。

她看起來比以前瘦了許多。那身雪白的肌膚整體來說十分蒼白，即使說客套話也搭不上健康兩個字。

手術怎麼樣了呢？成功了還是失敗了？我想問卻發不出聲音。

「謝謝你過來……你馬上就找到這裡了？」

「啊，嗯……是高町老師告訴我的。」

心跳愈發強烈，我一步一步靠近她，因為太緊張，吞口水時喉嚨發出的聲音出乎意料地大。

「那個，妳的身體狀況怎麼樣——？」

隨著距離拉近，好幾根延伸到篠宮體內的管子落入我的眼簾。

她似乎在接受藥物治療，意思是還沒完全治好嗎？明明我們分開至今已經過了半年……

「身體狀況啊……嗯，怎麼說明比較好呢？」

篠宮露出虛弱的微笑，傷腦筋地回答：

「手術成功了喔。不過因為我的肝功能本來就很虛弱，所以體內有很多地方變得很脆弱。」

「咦？」我的心臟一陣刺痛。

「一開始情況很順利，也做了復健……但是變脆弱的血管在體內破裂，我失去意識——」

接著，篠宮一副事不關己似地描述經過。

篠宮說，她在這半年內做了四次手術。

由於血管內反覆出現血栓，也換了好幾次血。儘管如此，病情還是無法穩定，據說不管過了多久都遲遲無法出院。

高町老師也一直睡在同一間病房裡鼓勵篠宮：「加油！」、「一定會治好。」、「痛苦是一時的。」

不過，過程中老師的精神狀態似乎也被逼到了極限，常常會揪住醫生的領子威嚇地問：「為什麼治不好！」

「——大家都這麼擔心我，為什麼身體治不好呢……如果我因為無法回應大家的期待而道歉的話，或許會很可笑吧。」

篠宮帶著苦笑訴說，水汪汪的琥珀色眼瞳看向我。

「所以我拜託他們讓我回來這裡。因為我希望能在這條有你的街道上度過最後的日子。」

「最後的日子……？」

我反覆咀嚼這句話，過了幾秒才終於領略其中的意思。

原來失敗了啊，她的病沒有治好。不僅如此，還惡化到再也無計可施的地步——

「我原本想什麼都不說就消失。」篠宮看向窗口。「不過老天爺似乎不允許我這樣做……因為傷停補時（Loss time）變長了。」

「變長……了？」

我不懂。我的傷停補時（Loss time）已經在半年前結束，自那之後，我的時間一次也沒有暫停過。

然而……

「情況似乎逆轉了。」篠宮淡淡一笑。「我現在能這樣說話的時間只有一個多小時，據說，剩下的二十三小時會漸漸變得沒有任何反應，類似腦死狀態。雖然這樣病情就會穩定下來。」

「怎麼會……」

如果這是事實，意思是篠宮現在太靠近奇異點了。

就像用指尖攀住事件平面的邊緣一樣，只要向外踏出一步，便會完全遭到吞噬吧。

在那個盡頭，是再也不會動的世界。

只有永遠的停滯。

「所以啊，我任性地請爸爸帶你過來。因為我已經連路都走不動了。」

對不起，篠宮萬分抱歉地說道。

淚水漸漸滲透視線，我再也無法看向前方。

到變成這個狀態為止，她一直都在努力和病魔纏鬥嗎？而我卻想都沒想過，只是一個勁兒夢想著十人裡有九人會得救的手術後……她什麼時候才會恢復健康地回來。

我忘了，現實是殘酷的，理想總是會背叛我。

「篠宮。」我用顫抖的聲音問：「我該為妳做什麼？有什麼是我可以為妳做的？」

「我想請你坐在床邊一直陪我到睡著。」

「就這樣……？」

「嗯。」

她虛弱地點頭。

的確，再過不久就是下午一點三十五分了。她已經知道了吧。下次時間停止後就再也回不來了……

「還有，我睡著以後，帶走那邊的素描簿。我把一直想傳達給你的事畫在裡面，你隨便看一下，之後要丟掉也沒關係。」

「我才不會丟掉。」

我拉開折疊椅坐到床邊，輕輕握住篠宮瘦弱的手。

「我會一直在這裡。」

「……嗯。」

她笑著點頭，最後閉上雙眼。

接著，篠宮的鼻息馬上變得平穩。

直覺告訴我，她大概再也不會睜開眼睛了吧。

她已經邁向事件平面的彼端……前往了永恆的世界。

不過，我冷靜得連自己都很驚訝。一直以來，篠宮都在地獄裡徘徊，那頭的世界對她而言應該是種救贖吧。

篠宮的手心傳來明確的溫度，但我不能一直握著。我拿起必須確認她遺言的素描簿。

素描簿到最後一頁為止，密密麻麻地畫滿了畫。

貓咪、學校、北極熊、獅子、企鵝……都是篠宮為了刻在記憶裡所畫的畫。她應該是在傷停補時(Loss time)結束後全部重畫的吧？

我懷念地翻著素描簿，發現了幾張沒有印象的畫。

是非常早期的畫。素描簿上畫的是身穿制服、戴著眼鏡，拚命踩著腳踏車的

——

「啊，原來……原來是這樣啊。」

喃喃低語擅自從我的口中逸出，然後——

「嗚嗚……唔！嗚……啊啊啊……」

我的情緒慘烈地崩潰。

不會錯，這幅畫是我。有好幾次上學快遲到的時候，我都會抄近路穿過醫院院區。

原來她是那時注意到我的。

篠宮看著我前往她父親所在學校的身影，將我畫進了素描簿。所以我才能在傷停補時(Loss time)裡遇見她吧。

一切都是從這間病房開始的，所以她才會選擇在這裡結束。

淚水滴落在床上，我起身看向窗外。從病房可以俯瞰吉備乃學院的操場。也就是說，這個地方就是她的整個世界。

或許，永遠待在這裡對她而言是種幸福。而在那個世界裡，一定有不會動的我。因為她就是為此才呼喚我過來的。

啊啊，神啊，請務必讓她幸福——

我想像著在沒有終結的日子裡和篠宮共度的畫面，在病房裡痛哭失聲。

我持續唱著沒有終結的初戀戀曲。

傷停補時降臨，我的時間停止，恐怕再也不會啟動了吧？

「對不起。」

我再一次向他道歉。直到最後的最後還這麼任性，或許會對他造成嚴重的心理創傷。他的眼角還噙著淚水，我輕輕將指尖撫上他的臉頰。

好冰。果然凍結了。但我的心中卻充滿愛憐。

能這樣和他一起共度永恆，我開心不已。有朝一日在哪個地方碰見神明的話，一定要向祂道謝才行。

「該從什麼地方開始說起呢……」

我有無盡的時間，永遠用不完的大量時間。

所以我決定說說我的故事。將我記憶中冗長又無聊的人生盡可能正確地，無論多小的事也毫無遺漏地，如實告訴他。

太陽不會落下，時鐘的指針不會轉動，回到故事的開頭再說一次。

結束後，再次從頭開始。

反覆。一再重複。無止盡。

不斷延續，無論如何都不會結束，但最後一定會有幸福結局的故事。
我將持續唱著沒有終結的初戀戀曲。

傷停補時

Loss time

我不知道從那天之後過了多久的時間。

我突然醒過來，一如往常地躺在病房的床上。

我不清楚自己為什麼會恢復意識，連我都懷疑自己是不是瘋了。

這是當然的，人類的心不可能承受得了「永遠」。我一直認為精神上的熵早已擴散開來，自己已經迎向了意識上的熱寂。

但為什麼我現在會在這裡？我的肌膚明顯地感受到這件事。

契機大概是某種聲音。遙遠的某處，似乎傳來敲門的聲音。

不不不，一定是我的錯覺。傷停補時(Loss time)裡不會有聲音……

當我這麼思考時，眼前出現了令人難以置信的景象。

病房的門緩緩打開，穿著白袍的醫生走了進來。

怎麼可能！在靜止的時間裡，除了我以外，不可能有人能動。我的頭腦果然已經出問題了——

「啊……」

嘴巴上的氧氣罩裡，反射出微微的聲響。

看到那位醫師的瞬間，我明白了一切。

我不可能忘記那雙純潔的眼睛，不可能忘記那善良的樸素五官皺起臉頰後，一副抱歉似的微笑。

原來如此，我終於明白了。

這個世界從一開始就沒有所謂的永遠。

與我主觀感受到的時間不同，有一種「絕對時間」流淌在宇宙根源吧。

而認為度過了永恆時間的我，現在一定是在支付至今所有的代價。

傷停補時(Loss time)的復原，就是依據絕對時間所做的調整。

我再一次試著開口：

「——你……長高了呢。」

沙啞的聲音只說了這句話，他的眼角果然泛出淚光，笑臉皺成一團。

「——妳倒是一直都沒變呢。」他說。

「是嗎？」

我自己不是很清楚，從那天之後究竟過了幾年呢？光看他的樣子，都讓人懷疑是不是已經過了一百年了……

「……啊。」

我觀察他，發現了一件事。

「你長了好多白頭髮……很辛苦吧？」

「嗯，馬馬虎虎啦。我不像妳那麼聰明，所以拚了命地唸書。」

「又來了，你太客氣了……」我自然地露出微笑。「不過，總覺得很不真實耶。我和你都好好活著嗎？不是鬼？」

「當然囉，妳看。」

他走過來，朝我伸出手。

我也不自覺地抬起手回應，我們在病床上十指相觸。

啊啊……是真的。他的手上的確有溫暖的時間觸感。

接著，他彎身，臉龐緩緩靠近，用一如以往地溫柔聲音在我耳畔低喃：「我來接妳了。」

我的眼淚隨之湧出，停不下來。胸口滿溢龐大的幸福，感覺什麼時候死去我都無所謂了。

但我的生命不會終結。

實現醫生夢的他，不會讓我的生命結束吧？

「——歡迎回來，篠宮。」

「我回來了。」

我好不容易在哭泣中擠出回應，輕輕將額頭貼在他的臉頰上。

看來，我的初戀傷停補時(Loss time)似乎還會持續下去。

《完》

後記

男校生是瀕危物種。

我聽說全日本大約有五千所高中，其中男校——只收男學生的學校，現在只有一百二十所，也就是不到三％。差不多是環境省該將男校生列為稀有野生動物訂定保護方針的時候了。雖然只有男生，無法人工繁殖。

儘管我這麼說，但其實也和本書的主角一樣，是國、高中六年都在「男人國」裡度過的純正男校生。剛入學時覺得待在只有男生的空間裡很舒服，但隨著年歲增長，便漸漸覺得失去了青春而痛苦。

我還記得，當時聽到念男女合校的朋友說：「明天要換座位，好緊張喔～」的時候，深受衝擊。

當我知道對那個朋友而言，換座位是「能夠接近喜歡的女生的機會」而絕不是「為了舒服地打瞌睡搶奪老師視線死角的戰爭」時，震驚得說不出話。

還有一年，我邀請那位朋友來校慶。他看到我們母校每年舉辦的選美大賽（男扮女裝選美比賽）後說了一句話：

「來看的人都是監護人吧？」

那句評論深深刺進我的心。他說的沒錯。男校生穿上裙子惡搞的樣子一點也不有趣。想當然耳，觀眾都是家人，簡直就像是家長日。

這種缺乏客觀性的思考就是男校生的弱點。周遭只有男生的話，就不會對打扮有興趣，對自己在外人眼中看起來怎麼樣感覺很遲鈍。不過相對的，也有些人因而有更多時間檢視自己的內在，專注在唸書、社團活動和興趣上，練就一技之長。

雖然我想過如果當初念男女合校的話，人生大概就會不一樣……但還是認為念男校很有趣。

那麼，最後請讓我致謝。總是照顧我的責任編輯粂田編輯（男女合校生）、插畫家ぜろきち老師、每一位出版相關的工作人員、以及閱讀後記的各位，衷心感謝大家。

仁科裕貴

參考文獻

《存在與時間》
海德格 著 高田珠樹 譯（作品社）

《時間與空間》
淺野尚（文藝社）

《大象時間老鼠時間：有趣的生物體型時間觀》
本川達雄（中央公論社）

《簡明肝臟移植》
國土典宏／菅原寧彥 編輯（南江堂）

《信賴的羈絆 繼續活著的感受——活體肝臟移植真實之聲》
肝移植體驗者與醫療人員共同（翔雲社）

※ 以上書名皆為暫譯

然後，沒有你的九月來臨了
天澤夏月

以朋友的死亡開始的痛苦暑假，
我們在幽靈的引導下，踏上旅程——

然後，沒有你的九月來臨了

天澤夏月／著　陳盈垂／譯

高二那年夏天，惠太死了。和惠太總是形影不離的美穗、大輝、舜和莉乃深受打擊，茫然自失地開始放暑假。假期中，長得跟惠太一模一樣的少年——惠，出現在美穗眼前，拜託他們前往惠太死去的地點。美穗等人雖感到困惑，但仍沿著惠太的足跡踏上他死前的旅程。在旅程盡頭等待他們的，是令人意外的結局，與感傷的再會。

定價：NT$280/HK$85

獻給活在當下的每一個人，
最為極致動人的愛情故事——

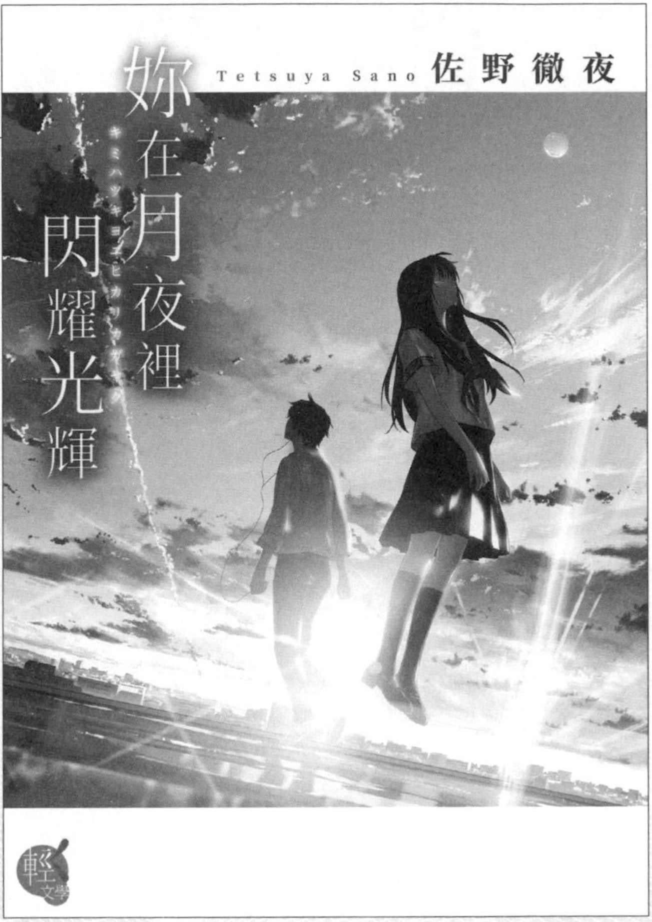

妳在月夜裡閃耀光輝

佐野徹夜／著　韓宛庭／譯

重要之人辭世後，岡田卓也只是渾渾噩噩活著，直到他在高中邂逅一位罹患「發光病」的絕症少女，並答應幫忙她實現願望。

當清單上的願望一個個消去，少女的生命也靜靜消逝。終於，少女在月夜散發出燦爛光芒，她的最後一個願望是——

定價：NT$280/HK$85

將愛拒於門外
葦舟ナツ
NATSU ASHIFUNE

孤獨的青年，突然出現的怪異女子——
兩人深切且扭曲的「愛」的故事！

將愛拒於門外

葦舟ナツ／著　林于楟／譯

「請問你有女朋友嗎？請問你抽菸嗎？最後一個問題，請問你——」一名陌生女子突然問我這些問題。我和那個女人，大野千草結為夫妻。和妻子共同生活的日子像場白日夢，讓我開始追憶起過去——和最厭惡的母親、唯一敞開心胸的好朋友、以及破壞我人生的「繭居族」哥哥共度的那段日子。

定價：NT$300/HK$90

十年前的過去，寫給「今日的自己」的那封信，一點一滴地，改變了我們6人未來的命運……

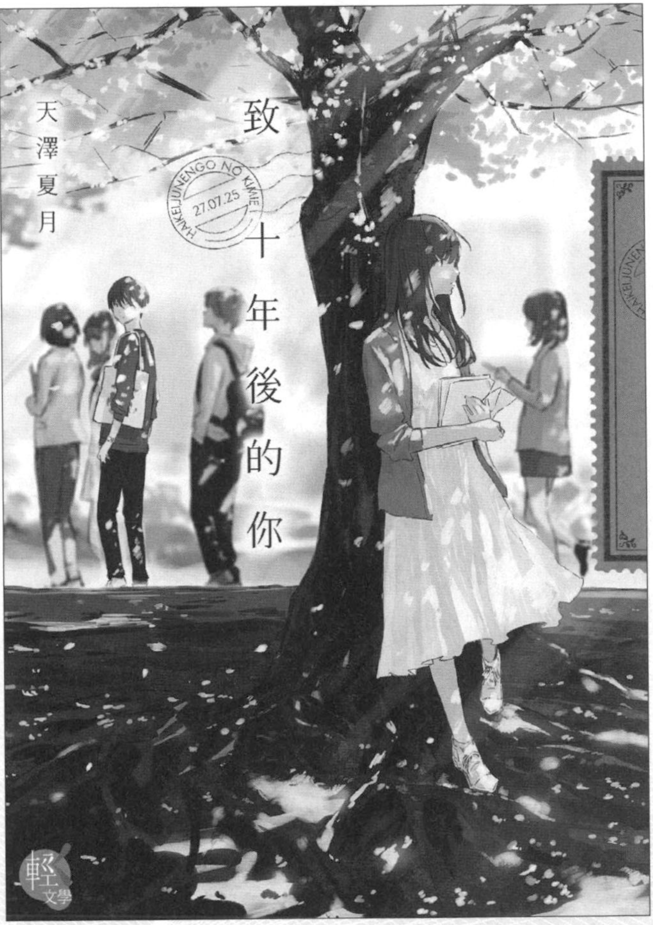

致 十年後的你

天澤夏月／著　徐屹／譯

千尋，因為一段曖昧的關係而苦惱。冬彌，逃離社團活動的前足球少年。優，不知道未來要做什麼的不良高中生。美夏，對不習慣的女孩小團體感到窒息。時子，不願意踏出家門的繭居族。耀，一直掛念著小學時吵架而分開的少女。十年前埋下的時光膠囊，為失去夢想與未來的今日，帶來滿滿的勇氣與祝福……

定價：NT$300/HK$90

面貌凶惡的純情上班族 × 努力過頭的粉領族，
自巧克力誤會而生的甜蜜愛情喜劇！

苦甜危機！巧克力大騷動

星奏なつめ / 著　許婷婷 / 譯

千紗在情人節前夕仍加班到深夜，還不幸折斷心愛高跟鞋的鞋跟。正當她不知所措時，有「殺手」外號的凶惡同事——龍生，自危機拯救了她。為了感謝龍生，千紗回贈隨手買下的人情巧克力，卻令龍生誤會而向千紗提出交往的請求。畏於龍生魄力的千紗無法拒絕，然而，有著凶神惡煞相貌的龍生，竟提出交換日記的提議？

定價：NT$280/HK$85

Light Literature

無法融入社會的膽小男女，
在不幸中追求幸福的純愛物語——

戀愛寄生蟲

三秋縋

戀愛寄生蟲

三秋 縋／著　　邱鍾仁／譯

失業中的青年高坂賢吾，與拒絕上學的少女佐薙聖，在為了回歸社會而復健的過程中相互吸引，隨即墜入情網。然而幸福的日子並未持續太久。他們不知道——兩人的戀愛，只不過是一段由「蟲」帶來的「傀儡之戀」。

一段從頭到尾都不像樣，卻又真真切切的愛。

定價：NT$300/HK$90

國家圖書館出版品預行編目資料

初戀傷停補時 / 仁科裕貴作 ; 洪于琇譯 . -- 初版 .
-- 臺北市 : 臺灣角川 , 2018.02
面 ; 公分 . --（角川輕 . 文學）
譯自 : 初恋ロスタイム
ISBN 978-957-564-026-2(平裝）

861.57 106023588

初戀 傷停補時

原著名＊初恋ロスタイム

作　　者＊仁科裕貴
插　　畫＊ぜろきち
譯　　者＊洪于琇

2018年2月6日 初版第1刷發行

發 行 人＊成田聖
總　　監＊黃珮君
總 編 輯＊呂慧君
編　　輯＊林毓珊
美術設計＊李思穎
印　　務＊李明修（主任）、黎宇凡、潘尚琪

台灣角川

發 行 所＊台灣角川股份有限公司
地　　址＊105台北市光復北路11巷44號5樓
電　　話＊（02）2747-2433
傳　　真＊（02）2747-2558
網　　址＊http://www.kadokawa.com.tw
劃撥帳戶＊台灣角川股份有限公司
劃撥帳號＊19487412
法律顧問＊寰瀛法律事務所
製　　版＊尚騰印刷事業有限公司
I S B N＊978-957-564-026-2

香港代理＊香港角川有限公司
地　　址＊香港新界葵涌興芳路223號新都會廣場第2座17樓1701-02A室
電　　話＊（852）3653-2888